ラルーナ文庫

運命のオメガに王子は何度も恋をする

はなのみやこ

三交社

CONTENTS

Illustration

ヤスヒロ

運命のオメガに
王子は何度も恋をする

本作品はフィクションです。
実際の人物・団体・事件などにはいっさい関係ありません。

1

教室に独特のベルの音が鳴り響き、びくりとリーラは身体《からだ》を震わせた。

周りの学生たちが、それを合図に口を開き、静かだった教室の中は途端に騒がしいものとなる。リーラも少し慌てて机の上に出ていた本や紙、ペンを片づける。

その時、ペンが転がって下へ落ちそうになり、咄嗟《とっさ》に手を伸ばして動きを止める。物体には直接触れず、自由に動かすことができるのは基礎魔法の一つだ。魔法力を持つ者であれば、幼い子供でも使うことができる。

午後には実技の授業があるのに。不必要なところで魔法を使ってしまった。

右の手のひらに、力をこめる。そうすれば、淡紅色の光がふわりと浮かび上がり、胸を撫《な》で下ろす。さすがにあれくらいの魔法では、力は減っていないようだ。

「リーラ？　何してんだよ、さっさと行こう？」

大教室の後ろの席に座っていたミヒャエルから声をかけられる。

友人のミヒャエルとは、普段は隣同士の席に座ることが多いが、今日は授業の後に提出する課題が終わっていないからと、一人で後ろの席へ行っていたのだ。

それでも、背も高ければ、金に近い赤毛のミヒャエルの姿は目につきやすいのだろう。教師から指名され、上擦ったような声で先ほども答えていた。

「あ……ごめん」

荷物をまとめて、立ち上がる。教室には既にほとんどの生徒がいなくなっていた。

魔法を初めてリーラに教えてくれたのは、母だった。

時折、突然変異で魔法力を持つ子供も誕生するが、多くは親からの遺伝によるものだ。そのため、この世界において魔法を使えるのはほんの一割程度の人間に限られている。

母はリーラが泣いていると、リーラと同じ淡紅色の光を放ちながら、花を咲かせてくれたり、小さな動物を呼んでくれたりもした。

母親の不思議な魔法の力を見るたびに、リーラはぴたりと泣き止《や》み、笑っていたのだという。今思えば、自分と同じようにそれほど魔法力のない母親にとっては、大きな負担になっていたはずだ。けれど、そんな表情一つ見せず、母親はいつも笑っていた。

広大な大陸で最も大きな領土を持つリューベック王国の発展を支えたのは、産業技術と軍事力、そして魔法使いだった。

魔法使い、といってもそういった名称の職業があるわけではなく、魔法を使える者は一般的にそう言われている。

かつては国によっては迫害の対象となり、魔法が使えるというだけで凄惨《せいさん》な扱いを受けていた魔法使いだが、リューベック王国は率先して魔法を使える者を保護した。始祖王といわれるリューベック王自身が強い魔法使いでもあったため、他国において不遇な扱いを受けていた魔法使いたちは、みなリューベックへ移住してきたのだ。

そして魔法の力で、瞬く間に領土を広げ、大国を作り上げた。

科学技術の発展とともに、以前に比べれば魔法使いの存在感は薄れつつあるが、それでもリューベックにおいて魔法使いはやはり尊敬を受ける立場にある。

その中でも王立魔法学院は、国内から集められた優秀な魔法使いの卵が数多く在籍している。

多くの魔法使いがこの伝統ある名門魔法学院にかつては在籍しており、卒業すれば、リューベック国内にいれば一生仕事に困らぬほどの地位や立場が与えられるのだ。

倍率はとても高く、魔法が使えるだけではなく、高い学力をはじめとして多くの素養が求められた。

魔法学院といっても、単純に魔法だけを教えるのではなく、むしろ魔法を中心に様々なことを学べ、資格を取ることができるからだ。それこそ卒業生には政治家や法曹家をはじめ、軍人に技術者、医師と、多種多様な職業の者がいる。

入学試験を受けられるのは十五歳の一度だけ、そしてその五年の間に、王都にある全寮制の学院で様々なことを学ぶことができる。

魔法使いの家系である貴族の子弟はこの学院に入るため、それこそ物心がついた時から専用の家庭教師がつけられるほどだった。

そのため、在籍している生徒のほとんどは王族や貴族、そして裕福な商家の子弟ばかりだった。

つまり、地方の農村出身であるリーラの存在は、学院内ではかなり浮いていた。


「この時間だと、食堂はもういっぱいかもな」

食堂棟に向かう廊下を歩いていると、隣にいるミヒャエルが、残念そうに言った。

魔法学院の食堂は安価な上に栄養価も高ければ、美味《おい》しいと生徒たちにとても人気がある。

なんでも、現在は王族が在籍していることもあり、城から専用のシェフを招いているという話だった。

「ミヒャエルは食堂のご飯、大好きだよね」

「そりゃあ、食堂の飯を楽しみに学院に来てるようなもんだから。うちの料理長が作る飯より上手いくらいだし」

ミヒャエルも貴族、しかもそれなりに高い地位を持つ貴族の子弟の一人だ。

けれど、平民のリーラに対しても気さくに話しかけ、仲良くしてくれている。

長身でしっかりとした体躯《たいく》を持ったミヒャエルは顔立ちもなかなか良いため、女生徒にも人気が高い。

「もし食堂がいっぱいだったら……」

とりあえず売店で軽食だけでも買おうか、そんなふうに言おうとしたリーラの言葉は、途中で止まった。

ちょうど二人とすれ違った一つ上の生徒三人が、じろじろとリーラの顔を見ていったからだ。

「……今の子見た？　すげえきれいな顔してた」

「ああ、一学年下の奴だろ。平民出身で特待生っていう」

「平民はちょっとなあ……オメガならともかく」

「いやいや、この学院にオメガがいるわけないだろ」

聞こえてきた三人の言葉に、なんとなくきまりが悪くなる。容姿や身分のことを言われるのは今に始まったことでないとはいえ、やはり慣れない。

入学した当初は制服の上からみなローブを着ていたため、それについているフードでなんとなく顔も隠せていたが、最近は気温が高くなったこともあり、ローブを着ている生徒も減ってしまった。

なんとなく気まずく思ったリーラは、フードをかぶり直す。

「言いたい奴には言わせとけよ」

閉口してしまったリーラに対し、ミヒャエルがこっそりと話しかけてくる。

「うん……」

「まあ確かに、お前の容姿は目立つからなあ」

「……ミヒャエル」

憮然《ぶぜん》とした顔で名前を呼べば、ミヒャエルが誤魔化《ごまか》すように笑った。

「悪い悪い、お前は顔を褒められるの嫌いだよな。だけど実際、オメガにだってなかなかいない美人だと思うぜ」

冗談めかして言うミヒャエルの言葉に、リーラは引きつったような笑いを浮かべる。

「褒めすぎだって。希少価値が高いだけのことはあって、オメガの美しさは特別なんだから」

「まあな〜。しかも、発情期にはすごい良いにおいするって話だし……あ〜いつか嗅《か》いでみたいよな」

卒業したら絶対オメガの恋人を作る、と意気揚々と言うミヒャエルに、リーラは苦笑いを浮かべる。

「って、悪い。リーラにはオメガのにおいはわからないのに」

「気にしないで。バース性にとらわれる必要がないっていうのも、楽なものだし」

「確かにな。そもそも、ベータでこの学院の特待生って初めてなんだろ？　すごいよなあ、リーラは」

感心したように何度もミヒャエルが頷《うなず》く。そんなミヒャエルにリーラは困ったような笑いを浮かべ、誤魔化すように視線を中庭へ向ける。

屋根のない渡り廊下からは、ちょうど学院の中庭がよく見えた。広々とした中庭は生徒たちにとっては憩いの場となっており、季節毎《ごと》に美しい花々が咲き乱れている。

今の季節は花こそ多くはないが、新緑が眩《まぶ》しく、瑞々《みずみず》しい木々のかおりがした。

こんな日は、それこそ外に出て日向《ひなた》ぼっこでもしていたい。草木に囲まれて育ったリーラにとって、ずっと建物の中にいる方が窮屈に感じる。

木々に見とれ、思わず一瞬立ち止まってしまう。ちょうどその時、突風のようなものがリーラの頭の上を通り抜けていった。

「わあっ？」

その勢いでフードがとれ、目の前が一気に明るくなる。

リーラの声に、少し前を歩いていたミヒャエルも、慌てたように振り返った。

ハッとして視線を前へやれば、風だと思ったものは、大きな鳥だった。そして白い頭が特徴的なその大鷲《おおわし》には、既視感があった。

あ……。

青空へ向かって羽ばたき、一度だけ弧を描くように回転すると、大鷲はピューという気持ちよさそうな鳴き声を上げ、手を伸ばした長身の男性の指の上にピタリと留まった。

ダークブロンドの髪を持つ長身の青年には、見覚えがあった。

「びっくりしたなあ。殿下の大鷲かあ……」

「う、うん……」

アルブレヒト・リューベック。この国の第一王子であり、二学年上の青年は、学院内で絶大な人気があった。

文武に秀で、始祖王も超えるほどの魔法力を持つという青年は、次期王の第一候補であり、常に注目の的だ。

いつも何名もの生徒に囲まれているため、一人でいるのを見るのはなかなか珍しい。

「かっこいいよなあ、アルファの中のアルファって感じで……」

呆《ほう》けたようなミヒャエルの言葉を聞きながら、リーラは大鷲の世話をするアルブレヒトをじっと見つめる。

長身に逞《たくま》しい身体、潤沢な魔法力、それらは全《すべ》て、リーラには持ちえないものだ。

ちょうどその時、アルブレヒトの視線がこちらへと向いた。

少し離れた場所にいるとはいえ、空を思わせるような青い瞳《ひとみ》に見つめられ、慌ててリー

ラは視線を逸《そ》らす。
以前、一度だけ話したことはあるが、リーラはアルブレヒトを苦手に思っていた。
「い、行こうミヒャエル」
「あ？　ああ……」
ミヒャエルにとっては、アルブレヒトは憧《あこが》れの存在なのだろう。未《いま》だ視線を向けている
ミヒャエルを促し、リーラは足を進めた。
だから気づかなかった。アルブレヒトの視線が、自身に向けられたままだということに。
アルブレヒトの姿を見たためか、ミヒャエルは食堂に着くまで、しばらくの間彼につい
て熱く語っていた。
ミヒャエルだけではなく、学院内に彼のファンは多い。第一王子という立場でありなが
らも、明るく気さくな性格で、色眼鏡《いろめがね》で相手を判断することもない。
誰《だれ》に対しても平等に優しく、そして威厳も併せ持っている。幼少期から帝王学を受けて
いるからだろう、生まれ持っての上に立つ者とは、彼のような存在なのだろうとリーラは
思う。
同じ学院の生徒ではあるものの、自分とはあまりにも違いすぎアルブレヒトはどこまで
も遠い存在だった。

「やっぱり座る場所はないかあ……」

多くの生徒で賑《にぎ》わっている食堂を見たミヒャエルが、大きなため息をついた。

学院の食堂は広く、数百名もの生徒が一度に食事がとれるようになっている。

けれど、学年が上がれば学院の授業以外にもそれぞれが目指す仕事先での研修が始まるため、普段であれば込み合っているとはいっても席がないということは滅多にない。

しかし、今日は必須《ひっす》科目である実技の授業が午後からあるため、多くの生徒が学舎内に留《とど》まっていた。

「待ってたら食べる時間もなくなっちゃうから、今日は売店で……」

「リーラ？」

リーラの言葉は、聞こえてきた声によって遮られた。

「エーベルシュタイン殿下」

華やかな金色の髪に、深い青色の瞳を持った端整な顔立ちの青年の名を呼べば、小さく微笑《ほほえ》みかけられる。

隣にいるミヒャエルは、エーベルシュタインの存在に気づくと、慌てたように背筋を伸ばした。

「これから昼食？」

「はい。ただ食堂はこの状況なので、売店で何か買ってこようかと……」

「だったら、こちらの席に来ないか？」

「え？」

「友人たちに席をとっておいてもらったんだが、教師への質問が長引いて、俺だけ遅れてしまったんだ。みなもう食べ終わって教室に戻るそうだし、ちょうど席ならあいているから」

「よろしいんですか？」

「ああ、勿論《もちろん》。君に話したいこともあったんだ。よかったら、隣にいる彼も一緒に」

「へ⁉　あ、はい……！」

エーベルシュタインに目配せをされたミヒャエルが、素《す》っ頓狂《とんきょう》な声を出した。

「あ、ありがとうございます……」

リーラが素直に礼を言えば、優雅に微笑まれる。

そのままエーベルシュタインの後をついていけば、隣にいるミヒャエルが小声で話しかけてきた。

「エ、エーベルシュタイン殿下と親しいのか？」

「話したことなかったっけ？　専門学科の先輩だって」

「いや、聞いてたけどこんなに親しいなんて知らなかった……」

「別に普通だよ、殿下はみんなにお優しいから」

ミヒャエルは、リーラの言葉になんともいえない顔をした。

魔法学院はいくつかの専門学科に分かれており、リーラは医科に在籍している。

エーベルシュタインは政治学科と医科をかけ持ちしているため、二学年下のリーラとも時折授業が一緒になる。

王族は、専門学科を二つ学ばなければならないからだ。

そして多くの王族は、アルブレヒトのように政治学科と軍科を選択する。

医科を選んだエーベルシュタインは珍しいタイプだが、話を聞けば、エーベルシュタインの母である第一王妃は身体が弱く、そのためにも医学を学びたかったそうだ。

地位や立場は全く違うとはいえ、母を流行《はや》り病《やまい》でなくしたリーラは少しばかり親近感を持った。

この国の第二王子であるエーベルシュタインと初めて会ったのは、入学式だった。

当時田舎から出てきたばかりのリーラは学院に着くのすら長い時間がかかり、着いた後もさらに広い敷地の中で途方に暮れてしまった。

そんなリーラに声をかけてくれたのが、エーベルシュタインだった。

リーラが新入生であることがわかると入学式が行われる講堂まで案内してくれ、その時の親切な上級生が式の途中で第二王子であることがわかった時には驚いた。

学年が違うため、毎日のように顔を合わせるということはないが。それでも、会うたびに何かしらリーラのことを気遣ってくれている。

地方の農村出身者で、平民で特待生というリーラの立場は、否が応でも目立つ。

多くの生徒からは、自分たちとは違う、まるで存在しない者のように扱われているが、時折気にせずに接してくれる存在もいる。

それが、友人であるミヒャエルと先輩であるエーベルシュタインだった。もう一人、女子生徒であるティルダも他の二人と同様にリーラに対し接してくれるが、それくらいごく一部の生徒だけだ。

エーベルシュタインの友人たち、おそらく将来の側近候補たちがとっていた席は、窓からの光が差し込むとてもよい場所だった。

ちょうど横並びに、エーベルシュタインの隣にリーラが座り、その横にはミヒャエルが座った。

学院の食堂は、食堂と名はついているものの、レストランのように給仕がそれぞれの席を担当する。

エーベルシュタインがいるからだろう、初老の給仕はいつも以上に丁寧な態度でオーダーをとり、厨房《ちゅうぼう》へと下がっていった。

さすがにマナー違反だろうと立ち上がり、ローブを脱ぐ。学院の制服は男子はテイルスーツが基本だが、そろそろ中のブラウスを袖の短いものにした方がいいかもしれない。

「リーラ、ちょっとそのままで」

ローブをかけて椅子《いす》に座ろうとしたリーラに、エーベルシュタインが声をかける。

「あ、はい」

立ち上がったエーベルシュタインの長い手が伸び、ローブから何かを摘《つ》まみ上げた。

「鳥……、鷲の羽根？」

椅子に座り直したエーベルシュタインが、怪訝《けげん》そうに手に持った羽根を見つめる。

「あ……」

「ああ、おそらくアルブレヒト殿下の大鷲のものですね。先ほどリーラの頭の上を飛んでいったんですよ」

リーラが説明する前に、隣にいたミヒャエルが口を開く。ミヒャエルに悪気はないとはいえ、一瞬頭を抱えたくなる。

「リーラの頭の上を……？　学舎内に動物を入れたのか？　後で注意を……」

「ち、違います、エーベルシュタイン殿下。ちょうど渡り廊下を歩いていた時に、頭の上を飛んでいっただけですから」

力の強い魔法使いの多くは、使役する動物を飼っているが、それを学舎内に入れるのは校則で禁じられている。

けれど、渡り廊下には屋根がないため、おそらく学舎の定義には当てはまらないだろう。

慌ててフォローするように口にすれば、僅《わず》かにエーベルシュタインの形の良い眉《まゆ》が寄った。

「どちらにせよ、不衛生だな」

そう言うと、エーベルシュタインは自身の手の中にあった鷲の羽根を、淡い緑色の光で瞬く間に消し去った。

物体を消失させる魔法は、かなり高度で使いこなせる者は学院内でも僅かしかいない。目の前でそれを目にしたミヒャエルは瞳を輝かせている。

リーラは複雑な面持ちで、それを見つめていた。

アルブレヒトとエーベルシュタインは同い年の兄弟ではあるが、それぞれ母が違う。かつては一夫多妻が許されていたリューベック王国だが、現在では原則として王は一人の妃しか持てない。けれど、許嫁《いいなずけ》であったエーベルシュタインの母である第一王妃は身体が弱く、子が望める可能性が少なかったこともあり、第二王妃を娶《めと》ることが許されたのだ。

結果的に、第一王妃はエーベルシュタインを産むことができた。けれど、ちょうど同じ年のひと月ほど前、第二王妃も子を産んでいた。それが、アルブレヒトだった。

名称こそ第一、第二という違いがあっても、王妃の序列は変わらない。それぞれがリューベック王国の三大名家の出身でもあったからだ。

さらに、リューベック王国においては第一子が王位継承権を持つわけではなく、現国王と、さらに三大名家のそれぞれの長の意見をもとに次期王が選ばれる。

つまり、アルブレヒトとエーベルシュタインは次期国王の座を巡って対立しているといっても過言ではない。

……やはり、エーベルシュタイン殿下にとってはアルブレヒト殿下の存在は面白くないのだろうか。

先ほどの、大鷲の羽根を見つめていた時のエーベルシュタインの冷めた瞳を思い出す。

時折、式典に一緒に参加しているのは見るが、口をきいている場面を一度も見たことはなかった。

そのため、両殿下は不仲であるという話がまことしやかに囁《ささや》かれていた。

無理もない。生まれた年も同じなら、どちらの母親も名家の出で、どちらも文武に秀で、さらに強い魔法力も有している。そして、父である王は一緒だからだろう。

髪と目の色こそそれぞれ違うものの、長身でしっかりした体軀に、整った顔立ちというところも共通していた。けれど何より。

「すごいですねエーベルシュタイン殿下！　見事な消失魔法でした」

「別に、大したことじゃない。君も、アルファだろう？　鍛錬をすれば、使いこなせるようになるはずだ」

「あ、ありがとうございます」

エーベルシュタインから声をかけられ、さらにアルファだと識別されたことが、よほど嬉《うれ》しかったのだろう。興奮したように顔を上気させるミヒャエルを横目で見ながら、リーラは人知れずため息をつく。

多くの類似点を持つアルブレヒトとエーベルシュタインだが、どちらも第二の性、バース性はアルファだということも共通していた。

魔法力を持つ魔法使いと、それを持たない人間の二つに分かれているこの世界は、男女以外の二つ目の性、バース性が存在している。

支配階級で、高い能力を保持するアルファ。中間層であり、大多数を占めるベータ。そして、発情を伴い、さらに産むための性ともいわれるオメガ。

全人口の一割にも満たないアルファ性の人間は富裕層に多く、それより少ないオメガ性の人間は男でも妊娠・出産が可能ではあるが、ヒートという一定期間発情を持つ特性のため、かつては社会の最下層として扱われていた時期もあった。

そんなオメガの社会的地位が高まったのは今から二百年ほど前に遡《さかのぼ》る。戦争により、多くのアルファが失われた中で、アルファをまた産み育てたのがオメガたちだったからだ。

アルファ性の男女であってもアルファ性を持つ子供が必ずしも生まれるわけではない。けれど、不思議とオメガが産むアルファの子供はアルファである確率が高かった。

オメガは高い能力を持つアルファを産む、それが一般的に定着してからは、オメガの地位は格段に向上した。

今ではオメガの子供が生まれたというだけで、国からは補助金が出され、丁重に扱われる。

とはいえ、差別意識が全くなくなっているわけでもない。オメガに生まれただけで、国からの補助が得られるという特権を、批判的に見る人間も少なからずいるからだ。

実際、姿かたちこそ美しいが、オメガのほとんどは魔法力を持つこともなければ、発情期の影響もあり、体力的にも劣っていることが多い。

最近は医学も発達し、薬さえ飲めばほとんどのオメガはヒートの間も日常生活を送れるが、多くのオメガはアルファと番《つがい》になり、家庭に入ることを望む。

それを悪いことだとはリーラも思わない。けれど。

「攻撃魔法はやっぱりかなりの魔法力を必要とするんですよね。実技の後はもう、くたくたで……」

「力の使い方にまだ慣れてないからだろうな。少しずつ、分散することを覚えればそれもなくなる」

やはりアルファ同士ということもあり、話があうのだろう。

エーベルシュタインはリーラに対しとても優しく親切であるが、対等な目線で見てくれているようには思えない。

専門学科である医科の授業においても頻繁に声をかけてはくれるが、それも全てリーラを気遣ってのものだ。

けれど、ミヒャエルに対しては違うのだろう。盛り上がる二人を傍目《はため》にリーラはゆっくりとスープへ口をつける。

この学院に在籍しているのはほとんどがアルファであり、一般的には大多数を占めるベータですらごく僅かしかいない。

……やめよう。考えたって、仕方がない。

自分のバース性に関しては、リーラ自身理解しているつもりだった。

そしてそれでもなお、医師を目指そうと志したのも自分の意思だ。周りと比べても仕方がない、自分は自分ができることをするしかないのだから。

「リーラはエーベルシュタイン殿下に気に入られてるんだな」

「え？」

食事を終え、エーベルシュタインに礼を言って別れた後、隣を歩くミヒャエルに言われた。

「研修先どころか、その後の就職先まで殿下自ら提案してただろう？　かなりの特別扱いだと思った」

エーベルシュタインの話というのは、来年から始まるそれぞれの専門学科の研修先に関して、もし見つかっていないのなら自分が紹介するという内容だった。

嫌味や皮肉ではなく、純粋に感心しているのだろう。頷きながらそう言ったミヒャエルに、リーラは慌てて首を振る。

「地方出身で、なんのコネクションもないだろうからって、心配してくれてるだけだよ」

殿下は優しいから。そんなふうに説明すれば、ミヒャエルは「それだけじゃないと思うけどな」と独り言のように言った。

身分が高い多くの生徒は研修先に関しては元々伝手《つて》があるのだが、勿論リーラにはそういったものはない。

エーベルシュタインの紹介であれば確かなところであるだろうし、劣悪な環境でこき使われるというようなこともないだろう。

実際、提案された研修先は王都の貴族専用の医院だった。

とてもありがたい話ではあるが、できる限り自分の力で研修先は探したい。ただ、もし困ったら相談に乗って欲しい。

そう、言葉を尽くして丁寧に説明すれば、エーベルシュタインも理解をしてくれた。

「正直に言うとさ、エーベルシュタイン殿下っていかにも王子様って感じで少し苦手だったんだけど、話してみると面倒見のいい方なんだな。いやあ、アルブレヒト殿下もかっこいいけど、エーベルシュタイン殿下も素晴らしい方だ……」

一国の王子に声をかけられたことに、よほど感動したのだろう。アルブレヒトのファンであるミヒャエルだが、しばらくの間エーベルシュタインのことを話していた。

ミヒャエルの話に相槌《あいづち》を打ちながらも、リーラの頭の中は既に午後の実技のことでいっぱいだった。

特待生ということもあり、筆記であればどの科目も高得点を取ることができるリーラが唯一苦手としているのが、実技科目だ。

僕の魔法力でも、こなせる内容だといいんだけど。そう心の中で思いながら、指定された教場へ向かった。

2

実技の科目は、魔法を実践で使うことを学ぶ授業だ。

特に週に一度の本格的な実技の授業は、全学年の生徒が参加し、グループに分けて行われる。専門科目も何も関係なく、それぞれの学年でいくつかのグループに割り振られてしまうのだ。

多くの場合、初対面の生徒同士でなんとなく相手の出方を様子見しながら行われるのだが、今回にいたっては、同じグループにいたのはリーラのよく知る生徒だった。

ついていない……。

少年の顔を見たとき、まず初めにリーラは思った。

それは相手も一緒だったのだろう。リーラが教場へと入ってくると、リーラを思い切り睨《にら》みつけてきた。

栗色の髪に灰青色の瞳を持つライリーと呼ばれる少年は、リーラのクラスの中心人物で、家柄・魔法力ともにクラスで一番の少年だ。

特待生にも選ばれていたが、金銭的に恵まれているため辞退した、というのがライリーの口癖だ。

そして、自分の代わりにリーラが特待生に選ばれたのだと、そう主張している。

けれど、実際はそういった事実はないことをリーラは知っている。

名のある貴族の家庭の子息でも、特待生になっているのは珍しいことではないし、そういった場合、特待生という地位を得たまま学費の支払いは行い、給費生の枠だけ他の生徒に渡している。

王族であるアルブレヒトとエーベルシュタインなどまさにこの典型だが、勿論それを自ら口にすることはない。

特待生にしか知られることはないシステムであるため、ライリーはこのことを知らないのだろう。

ライリーは優秀ではあるが、筆記試験で一度もリーラに勝てたことはない。

しかし、それを認めることができないため、周囲にはことさらに本来の特待生は自分だったと主張するのだ。

おこぼれで特待生の地位を得た平民のベータ、そんなふうにライリーが吹聴すれば、自然とリーラへの周囲の生徒たちの視線は厳しいものになる。

とはいえ、リーラは普段はこれといってそのことは気にしてはいない。

陰で何かしら言われていることには多少の嫌悪感はあったが、元々が育ちの良い貴族の少年たちだからだろう。物を隠されたり、何か情報を伝えられなかったり、そういった陰湿なことはされていなかったからだ。

さらに、クラスにはミヒャエルやティルダがいるため、寂しさを感じることはなかった。全ての人間と仲良くするのは難しい、だからこそ、ほんの数人でも自身のことをわかってくれる人間がいれば十分だと、リーラはそう思っている。

ライリーもまた、根っからの悪人ではなく、試験前には懸命に勉強をしている姿を何度も見かけていた。

名のある貴族の出という生まれや、アルファ性という立場。おそらく幼い頃から厳しい教育を受けてきたのだろう。

そういった重圧の中で育てられてきたことを考えれば、リーラのような存在が面白くないのも、理解できないこともなかった。

地方の田舎町で平民の子として育てられ、村で唯一の医師である義父から勉強を教わった自分の子供時代からは、想像がつかないほどの大変さのはずだ。そう考えれば、リーラはとても自由で幸せな子供時代を送れたと思っている。

しかしそれは、あくまでリーラがライリーに対し優位な立場でいられる座学での話だ。

魔法を実際に使う実技の訓練ともなれば、魔法力の多くないリーラは圧倒的に不利な立場となる。

何事もなく、無事に終わるといいんだけど。ニヤニヤとこちらを見つめるライリーたちの視線を受けながら、人知れずリーラはため息をついた。

しかし残念ながら、担当教諭とともに入ってきた生徒の登場により、そんなリーラの儚《はかな》い願いは崩れ去った。

年若い教諭とともに、その人物が教場へ入ってきた瞬間、広い教場にいた生徒たちの雰囲気がわあっと湧《わ》いた。

……ア、アルブレヒト殿下？

ダークブロンドの髪に、空色の瞳を持つ少年は、つい先ほど中庭で目にしたアルブレヒトだった。

「ローガン先生！　どうしてアルブレヒト殿下が!?」

「殿下も今日の実技の授業に参加されるんですか？」

全学年の生徒の参加が義務づけられている実技の授業ではあるが、例外もあった。それが、アルブレヒトとエーベルシュタインだった。

どちらも一学年の頃はそれぞれ授業に参加していたそうなのだが、力の差が周囲の生徒たちに比べてあまりに大きく、教諭にすら教えることが憚《はばか》られた。

王族である二人は、幼い頃から難度の高い魔法を教えられている。それに加え、彼らは元々の魔法力が潤沢だった。それこそ教諭によっては教えられることは何もないだろう。

「みんな落ち着いて。今日の授業は特別にアルブレヒト殿下に参加してもらうことになったんだ。ここに集められたのも、各クラスで優秀な成績を持つ者ばかりだ。トーナメント形式の魔法戦を行ってもらい、最終的には殿下と試合をしてもらう」

教諭の言葉に、さらに教場内が盛り上がる。なんとなく予想はしていたが、魔法戦という言葉に、リーラは思わず額に手を当てた。

魔法戦というのは、所謂《いわゆる》魔法を使った格闘戦であり、武器は使わずに互いの魔法力のみで相手を攻撃するのだ。

攻撃魔法も防御魔法も使うことができるため、実地の訓練としては最適な方法ではある。一般生活の中で使うことは滅多にないが、軍の中にある魔法騎兵科に所属することになれば、戦場では大いに役立つ。

あくまで試合であるため、相手に怪我《けが》をさせないようにとの配慮はされているが、回復魔法もあるため、重篤な怪我でなければそれほど問題になることはない。

よく見れば、ここに集められているのは軍科の生徒がとても多い。成績が良い魔法力のある生徒たちにとって、軍科は花形の専門学科だ。

そして、軍科の生徒たちであればこういった魔法戦など慣れたものだろう。

まずい……なるべく早い段階で、負けを認めないと。

攻撃魔法を使うには、膨大な魔法力を使う。元々体内にある魔法の量が多くないリーラにとっては、とてつもなく不利だ。

組み合わせを考えているローガンを見つめながら、あまり魔法力の強くない相手と当たることをリーラは祈った。

教場の真ん中に描かれた魔法陣の中で、リーラの対戦相手であるライリーは不敵な笑みを浮かべている。

ライリーはリーラの持つ魔法力があまり多くないことを知っている。そのことで揶揄《からか》われたこともある。

リーラの存在が面白くないライリーにとって、この場は日頃の鬱憤《うっぷん》を晴らす最適な場だとでも思っているのだろう。

ついてない……。

よりによって、相手がライリーだとは。暗い気持ちのまま、リーラは自身の使える防御魔法を頭の中で考えた。

魔法戦のルールはいくつかある。初戦の場合は時間制限があり、あまり長く続くようなら教諭が勝敗を判定で決める。

元々は、魔法使いの中でも最高位とされる魔法騎士の修練として考えられたものであるため、開始と同時に負けを認めるのは卑怯者《ひきょうもの》として後ろ指をさされることになる。

けれど、ある程度時間が経てば自ら負けを認めることも許される。

とにかく、なるべく時間を稼いで自ら負けを認めるしかないだろう。そう思い、ローブを身に着けたリーラの心境は、試合開始の合図と同時に変わった。

「はじめ！」

教諭であるローガンが、言い終わるやいなや、すぐにライリーから放たれたのは風力魔法だった。

いや、ただの風力魔法ではなく、そこにはいくつもの砂利や石が含まれており、それこそ当たればただでは済まなかっただろう。

ライリーのことだ、すぐさま攻撃を仕掛けてくることはわかっていたため覚悟はしていたが、さすがにこれは卑怯ではないだろうか。

……防御魔法、あと何回くらい使えるかな。

潜在的に持っている魔法量こそ多くがないが、その分リーラは使える魔法の種類は多い。

勿論、魔法力を要するものは難しいが、ライリーに対し一矢報いる程度の魔法なら十分に使えた。

自分の攻撃魔法を防御されたライリーは、明らかに不機嫌そうな顔になり、次なる攻撃を仕掛けてきた。それもまた、リーラは応戦をする。

魔法量と力に差はあるとはいえ、ライリーが出す攻撃を一瞬で見極め、それに対して適切な防御魔法を使っているのだ。

ライリーも優秀な魔法使いではあるが、一度攻撃魔法を使い、即座に次の魔法を使えるほどの能力はまだ有していない。

そのため、リーラにも息をつく時間ができた。

一回戦目にして、なかなかレベルの高い戦いとなっているのだろう。見学していた生徒たちの話し声も、いつの間にかなくなっていた。

肩で息をしながら、リーラはライリーをまっすぐに見据えていた。

そろそろ制限時間の半分程度にはなるはずだ。負けを認めれば試合を終えることはできる。

それでも、リーラは自分から負けを認めたくなかった。それは、先ほどから繰り返されるライリーの攻撃が理由だった。

初めからライリーは執拗《しつよう》に、リーラの顔ばかりを狙《ねら》っていた。

ライリーの方がリーラよりも上背があるため、当初は偶然かとも思ったが、これだけ繰り返されれば意図して狙っていることはわかる。

おそらく、リーラが褒められることが多いその容姿がライリーにとっては気に入らないのだろう。

女性に間違えられることはないが、自身の顔が繊細なつくりをしていることはさすがにわかっている。けれど、リーラだって好きでこの容姿に生まれたわけではない。何より、母親似といわれる自分の瞳の色や顔立ちは、リーラ自身気に入っていた。

一体リーラの何がライリーをそんなに苛《いら》つかせるのか理解できなかったが、いくらなんでもこの攻撃は卑怯すぎるだろう。

残りの魔法量は少ない。負けることは、最初から決まっていたようなものだ。それでも、一度だけでもいい。攻撃魔法を仕掛け、一矢報いたい。

体力のあるライリーとはいえ、さすがにこれだけ攻撃魔法を繰り返せば疲労も溜《た》まるはずだ。

先ほどから何度も仕掛けられている攻撃も、間の時間が少しずつ長くなっている。ちらりとローガンを見れば、時計の針を確認している。試合終了まで、あと数分といったところだろう。

だったらその前に……！

リーラはライリーがこちらに攻撃を仕掛けるのに構えようとした瞬間を見据える。あの手の型は、おそらく水の魔法だ。

そう判断したリーラは素早く自身の手をライリーへと向ける。淡紅色の光が瞬く間に強い風となり、ライリーへと向かっていった。

虚を突かれたのだろう。リーラの風魔法は見事にライリーへと届き、その身体を数メートルほど吹き飛ばした。

尻《しり》もちをついたライリーは、勿論リーラへの攻撃を仕掛けることはできず、

「そこまで！」

時計を確認したローガンが、試合終了を知らせるために教場に響くほどに声を張り上げた。

「勝者、リーラ」

ローガンの言葉に、静まり返っていた教場から拍手と歓声が上がる。

当初は、防戦一方であったリーラに対しどこか批判的な眼差《まなざ》しを向けていた生徒たちも、いつの間にやら温かい声をかけてくれていた。

「やるじゃないか」

「よくやったぞ」

リーラにそう言っているのは、これまで一度も話したことがない、普段であれば自分には見向きもしない生徒たちだった。

それだけ、諦《あきら》めず最後まで戦い続けたリーラの健闘を、讃《たた》えてくれているということだろう。

集中していたこともあり、周りを見る余裕がなかったリーラは、かけられた言葉に、嬉しさで胸がいっぱいになる。

「あ……」

ありがとうございます、とみなに礼を言おうとした瞬間だった。

「お前……！　調子に乗るなよ！」

怒声とともに感じた、刺々《とげとげ》しいまでの悪意。振り返った瞬間、灼熱《しゃくねつ》の炎がリーラの目の前へと迫ってきていた。

さすがに防御魔法を詠唱する時間などなく、咄嗟にリーラは目を瞑《つぶ》った。けれど、覚悟をしていた熱はいつまで経っても感じることはなかった。

恐る恐る瞳を開けば。

「あ……アルブレヒト殿下⁉」

リーラが目を開いた瞬間、自身の肩は力強い腕に摑《つか》まれ、目の前にはその端整な表情があった。どうやら、アルブレヒトは自身のローブを広げ、リーラをライリーの炎魔法から守ってくれたようだ。

「ヒ、ヒッ………………！」

さらに、おそらくアルブレヒトが何かしらの応戦をしたのだろう。

見るからにボロボロになったライリーが、腰を抜かして途切れ途切れに悲鳴を上げている。

「無防備な相手に攻撃魔法を仕掛けるとは、これ以上ないほど卑劣な行為だな。しかも、勝負は既についているというのに。金を積んでまで特待生の座を得ようとしていたとは聞いていたが、ここまで性根が腐っているとはな」

低く、憤りがこめられたアルブレヒトの声に、呆然《ぼうぜん》としていた周囲の視線がライリーへと瞬く間に集まる。勿論、全て非難や嘲笑《ちょうしょう》、そして嘲《あざけ》りの視線だ。

「ライリー・エプスタイン！　ルール違反の罰則は覚悟できているな⁉」

さらに、そこにローガンの厳しい声が降りかかる。

「あ、ありがとうございま……」

アルブレヒトの声にようやく我に返ったリーラも、すぐさま礼を言おうとする。けれど、改めてアルブレヒトを見つめてみれば、ローブは焼け爛《ただ》れ、さらにブラウスも破れていることがわかる。

「殿下！　お怪我を……！」

咄嗟のことだったため、おそらくアルブレヒトも防御魔法が間に合わなかったのだろう。逞しい腕が、低温火傷《やけど》のように赤く腫《は》れていることがわかる。

「……大したことはない。それより、怪我はないか？」

先ほどのライリーにかけられたものとは全く違う、穏やかな、優しい声だった。

「だ、大丈夫です。すみません、殿下、座っていただけますか」

言いながら、リーラは自身の手のひらをすぐさまアルブレヒトの腕へと伸ばす。

アルブレヒトはリーラよりだいぶ上背がある。無礼を承知で、患部に手が届きやすいよう腰を下ろしてもらうことにした。

リーラがそう言えば、アルブレヒトは黙ってそれに従ってくれた。

もう、自身の中の魔法はほとんど残っていないし、回復魔法の使い手は教場内にもいるはずだ。それでも、自分を庇《かば》ってアルブレヒトは怪我をしたのだ。すぐにでも、回復魔法をかけたかった。

お願い……もう少しだけ力を……！

疲労感は既にピークに達していた。それでも、リーラが詠唱を行えば、なんとか手のひらから淡紅色の光が出てきた。

「エウロンか……、高度な回復魔法が使えるんだな」

魔法量を必要とするため、普段のリーラであれば使うことがない魔法だ。

けれど、アルブレヒトは何も言わないが、あれだけの攻撃魔法を受けたのだ。いくらアルブレヒトといえど、かなりの痛みがあるはずだ。

赤く腫れたアルブレヒトの腕をなんとか元に戻したくて、リーラは必死にその部分に光を当て続けた。

よかった……皮膚の赤みが消えていってる……。

高度な魔法は使えば使うほど疲労も大きくなる。額に零《こぼ》れる汗を拭《ぬぐ》うこともなく、心臓の音は速まっていったが、気にすることなく力を注ぎ続けた。

少しずつ、視界がぼんやりとしてくる。おそらく貧血だろう。それでも、やめるという選択肢はリーラの中にはなかった。

「助かった……もう、大丈夫だ。……おい、大丈夫か？」

そして、アルブレヒトの肌が完全に元の色に戻ったのを確認したところで、リーラの意識は完全に途絶えた。

＊＊＊

夢を、見ていた。おそらく、まだ学院に入ったばかりの頃の夢だ。

リーラは、たまたま参加していたアルブレヒトに、実技の指導を受けていた。

元々、リーラの中のアルブレヒトの印象は悪いものではなく、むしろとても良かった。

第一王子という立場でありながら、分け隔てなく接してくれると、同じ平民出身の生徒が口にしていたのを聞いたことがあるからだ。

これまでの王族とは違い、地方に対する減税を提案してくれたのもアルブレヒトだと聞いたことがある。

恐れ多くて、とても憧れの気持ちは持てなかったが、それでも密《ひそ》かに敬愛していた。

　ところが、初めてリーラと接した際のアルブレヒトの態度は、とても良いとはいえるものではなかった。

「これだけの力しか出せないのか？」

　ひどくつまらなそうに、アルブレヒトがリーラに言った。

「は、はい……」

　元々、リーラの魔法量は多くはない。それでも、その時できる精いっぱいの魔法を手のひらから放出させた。

「話にならないな……、医師を目指しているそうだが、魔法は使いものにならない可能性が高い」

　バッサリと言い捨てられ、咄嗟に何も言い返すことができなかった。

「魔法が使える医師の方が少ないんだ。技術を磨けば問題ない」

　それだけ言うと、そのまま他の生徒のもとへと行ってしまった。

　自分の魔法量が周りの生徒よりも少ないことはわかっていた。けれど、はっきり指摘されるとやはり傷ついた。

　しかし、傷ついたと同時に怒りも覚えた。使いものにならない？　そんなの、わからないではないか、勝手に決めつけるなと。

　勿論、アルブレヒトの言葉は厳しかったが、正しくはある。だからといって、それに従うほどリーラはおとなしい性格をしていなかった。

だからその日からリーラは徹底的に魔法の勉強を行い、自分でも使える魔法を必死で覚えた。特に、少ない力で効果的に使える魔法は最優先で使えるようにした。

幸いなことに、回復魔法は軽いものであればリーラの魔法量でもそれほど負担なく使うことができた。

どれだけ効果があるのかはわからなかったが、体力づくりも少しずつ行い、少なかった食事の量も増やした。

そのせいかどうかはわからないが、以前よりも少しだけ自分の中の魔法の量が多くなったような気もした。

だから、自分は嬉しかったのだ。回復魔法を、アルブレヒトに褒められたことが。そして何より、自分を庇ってくれたアルブレヒトの行動が。


柔らかく、優しい声が聞こえる。ほのかに香るのは、花のにおいだろうか。

リーラがうっすらと瞳を開けば、ちょうど自分を見つめていたらしい女性の顔が視界の中に入ってきた。

「あ、気がついた？」

亜麻色の長い髪を持つ女性は、優しくリーラに微笑んだ。

女性の顔には、見覚えがあった。生徒に人気のある養護教諭で、一度治療を受けたことのあるミヒャエルは女神のような美しさだったと絶賛していた。

「気分はどう？　どこか、痛いところはない？」

「は、はい……大丈夫です……」

彼女がいるということは、ここは療養室ということだろうか。白を基調とした清潔感のある部屋と、パーテーションに囲まれた白いベッドを確認すると、起き上がり、もう一度女性に視線を戻した。

確か、名前は……。

「エレノア！　意識が戻ったのか⁉」

そうだ、エレノアだ。エレノアの声が聞こえたのか、どこか焦ったような表情のアルブレヒトが、パーテーションの向こうから姿を現した。

「あ、アルブレヒト殿下……」

思わずその名を呼べば、先ほどまでの取り乱したような表情は消え、形の良い眉間《みけん》に縦《たて》皺《じわ》が刻まれた。

「お前……倒れるまで魔法を使う馬鹿がどこにいる！　自分の魔法の管理もできない奴に、魔法を使う資格はない！」

思い切り怒鳴りつけられ、びくりと身体を震わす。

「そ、それはそうですが……！　だけど、殿下の火傷を少しでも楽にしたくて……」

「あんなもの、大した火傷ではない！　軍科で訓練していれば、日常茶飯事だ。それをお前は……！」

怒りが収まらない、といった様子で、アルブレヒトはなおもリーラに罵声《ばせい》を浴びせようとする。

自分のしたことは、余計なことだったのだろうか。別に感謝されたくてしたわけではないとはいえ、ここまで怒りをぶつけられると、なんだか申し訳ないような気持ちになる。

「アルブレヒト、リーラが心配だったのはわかるけど、そんなに怒鳴らないの」

助け船を出してくれたのは、エレノアだった。

「え……？」

「さっきまで、ずっとあなたの傍《そば》にいて、回復魔法をかけていたのはアルブレヒトなのよ。もう、あなたに見せてあげたかったわよ。あなたを横抱きにして、療養室に飛び込んできたアルブレヒトを！」

楽しそうに笑いながら、エレノアが言う。あんなに取り乱したアルブレヒトを見たのは、初めてだったと。

「い、意識を失っていたんだぞ⁉　何かあったんじゃないかと思うだろ！」

「魔力が無尽蔵にあるあなたとは違うの。勉強熱心な子だと、時々魔法を使いすぎちゃったりするのよね。これからは気をつけてね、リーラ」

言いながら、エレノアがリーラにマグカップを差し出してくれる。

「身体の回復を高める成分が入ってるの。今日はゆっくり休んで」

「あ、ありがとうございます……」

湯気の出ている液体からは、少しだけ甘いかおりがした。遠慮なく口にすれば、舌触りがとてもよかった。

「叔母上《おばうえ》、俺のはないのか？」

「誰が叔母上ですって……？」

それを見ていたアルブレヒトがエレノアに問えば、エレノアが思い切り顔をひきつらせた。そういえば、養護教諭のエレノアは、アルブレヒトの母である第二王妃の妹だという話を聞いたことがあった。

優秀なアルファで、元々は医師の仕事をしていたと。

「あ、あの……」

リーラが声をかければ、アルブレヒトの視線がまっすぐにこちらへ向けられた。先ほどまでの怒りは、その表情には感じられなかった。

「ご迷惑をおかけして、申し訳ありませんでした。そして、庇っていただいて、ありがとうございました……」

もしあのままライリーの攻撃魔法を受けていたら、こんなものでは済まなかっただろう。場合によっては生涯火傷の痕《あと》が顔に残ったかもしれない。

「ああいう卑怯な輩《やから》は、我慢がならないだけだ。それにしても……よく頑張ったな」

「え……？」

「最初はあまりに魔法の力が弱くて……この先、苦労するだろうなと思ったんだ。それこそ、早いうちに学院をやめた方がいいんじゃないかとすら思ったほどだ」

このまま学院に留まってもリーラが大変なだけだと、アルブレヒトはそう思ったようだ。

「そ、それは……！　嫌です、やめたくありません！」

「ああ。今はその必要はないと思ってる。この短期間であれだけの魔法が使えるようになったんだ。すごいと思うぞ」

アルブレヒトが、柔らかな笑顔をリーラへ向けた。

「あ……、ありがとう、ございます……」

どうしよう、とても嬉しい。アルブレヒトはどの生徒に対しても分け隔てなく優しいが、同時に厳しいことでも有名だ。

正義感が強く、相手がたとえ教諭であっても、間違っていると思えばしっかりと指摘する。そんなアルブレヒトに、褒めてもらえたのだ。しかも、あの時以来ほとんど会話という会話をしたことがなかったのに、覚えていてくれた。

どんなに頑張っても、他の生徒たちの魔法力に敵《かな》うことはないと、何度かくじけそうになったこともある。

けれど、そんな自分の努力を見てくれている人間がいた。リーラは、自身の心がぽかぽかと温かくなるのを感じた。

「はいはい、後輩を熱心に指導するのはいいけど、そろそろ休ませてあげてね。リーラ、少しは動けるようになった？」

「あ、はい。大丈夫だと思います」

まだ身体の疲労は少し残っていたが、寮まで歩くことくらいならできるだろう。

そう思い、ベッドから下りようとすれば。

「おい、途中でまた倒れたらどうするんだ。俺が送っていく」

そう言って、アルブレヒトが両腕を差し出してきた。

「え……？」

「部屋まで連れていってやると言ってるんだ」

少し照れくさそうに言うアルブレヒトに、リーラは目を何度か瞬《しばたた》かせ、すぐさま首を勢いよく振った。

「そ、そんな……！　できません！　殿下にそんなことをさせるなんて！」

「病人が遠慮をするな」

「それに、重たいですし」

「むしろお前はもう少し体重を増やした方がいい。だから倒れるんじゃないのか」

「大丈夫です、本当に、一人で歩けますから……！」

リーラが懸命に主張したものの、アルブレヒトが引き下がってくれる様子はない。

このままでは埒《らち》が明かないとエレノアからも言われ、結局リーラはアルブレヒトの厚意に甘えることにした。

「あなたが倒れたのは自分のせいだって責任を感じてるのよ、やりたいようにやらせてやって」

最後にこっそりと、リーラにだけ聞こえるように、エレノアが囁いた。

放課後の寮は人が多く、元々周囲の視線を集めやすいアルブレヒトだが、今日はひときわそういった好奇な視線に晒《さら》されていた。

何しろ王子であるアルブレヒトが、横抱きにして生徒を抱えているのだ。一体相手は誰なのだろうと、みな興味を隠そうともしない。

……フードで顔を隠してもらって、本当によかった。

こうなることは、勿論リーラも予想していた。

だからあらかじめローブのフードを目深にかぶり、顔がわからぬようにしてもらったのレヒトは速足で歩いてくれている。なるべく人目につかぬよう、アルブだ。そういったリーラの気持ちがわかったのだろう。なるべく人目につかぬよう、アルブ

「ア」

けれど、リーラに負担がかからないよう配慮してくれているらしく、独特な浮遊感を覚えながらも、振動はとても少なかった。

逞しいなあ、アルブレヒト殿下は……。

力強いアルブレヒトの腕に抱かれていると、同じ男であるにもかかわらず、なんとなく頼もしさを感じていた。

勿論、この国の王子にそこまでしてもらっているということは、恐れ多くもあったのだが。それに……なんだかとても良いにおい。

何か香でもつけているのだろうか。アルブレヒトの身体からは、ずっと嗅いでいたいと思うほど、とても良いかおりがした。

幸いなことに、リーラの部屋の前には学生は見当たらず、人目につかずに部屋の中に入ってもらうことができた。

「本当に、ありがとうございました……」

特待生ということもあり、多くの生徒が二人部屋なのに対し、リーラの部屋は一人部屋だ。広さはそれほどないが、リーラにしてみれば机とベッド、本棚が置けるだけで十分すぎるくらいだった。

「いや、俺の方こそ……。慣れているとはいえ、痛みを感じないわけではないからな。あそこでお前が回復魔法をかけてくれて、助かった」

「いえ、そんな……」

よかった。結果的に迷惑をかけてしまったとはいえ、アルブレヒトがそう思ってくれたことにやはり救われる。

「ところでリーラ」

「は、はい……」

突然アルブレヒトに名前を呼ばれ、少し驚いた。

名前、憶《おぼ》えていてくれてたんだ……。

ただ名前を呼ばれただけだというのに、なぜか嬉しい気持ちになる。

「明日……いや、週末でいい。消灯後に、俺の部屋に来て欲しい」

リーラは瞳を見開き、アルブレヒトをまっすぐ見つめる。

「話がある。おそらく、お前にとっても重要な内容のはずだ」

「は、はい……」

アルブレヒトの表情はどこか深刻そうだった。そして何より、その真摯《しんし》な眼差しだ。リーラに断ることなどとてもできなかった。

3

消灯後は、基本的には外に出ることは許されず、自室で過ごさなければならない。そんな決まりがあるため、控えめな照明に照らされた廊下に、生徒は全くいなかった。

勿論例外はあり、教諭か上級生に呼び出された場合は、消灯後でも部屋の移動は許される。けれど、そういった場合はある程度理由が必要なため、滅多なことでは上級生から呼び出されるということもない。

リーラも消灯後はいつも自室で読書や勉強をして過ごしていたため、この時間に廊下を歩くのは初めてのことだった。

白熱電灯が数年前に開発されてからは、王都は明るくなり、地方にも少しずつそれは行き渡っている。

けれど学院内の照明は、学院ができた当初から全て魔法で灯《とも》されており、それはこの先も変わることはないそうだ。

人工的な電灯の色とは少し違う、柔らかな光に照らされながら、最上階のアルブレヒトの部屋に向かう。

最上階は王族をはじめとする、選ばれた人間しか住むことができない場所だ。セキュリティもしっかりしており、魔法で出来た扉が途中で何度か出現した。事前にアルブレヒトから教わった暗号を解きながら、ようやく最上階に着けば、そこはとても静かな場所だった。

寮生であっても、特別な理由がなければこの階に来ることは許されていない。

そのためドアには名前は一切書かれておらず、そちらもあらかじめ聞いていた部屋番号へと向かう。

「あ……」

ノックをしようとドアに触れようとすれば、ドアが青色の光を帯びた。アルブレヒトの魔法がかけられているのだろう。

一瞬、ドアを開けても良いのだろうかと躊躇《ちゅうちょ》するが、自分を呼んだのはアルブレヒトだ。大丈夫だろうと判断し、リーラはこれも教えられたように少しの魔法を手に込めて三度のノックを行った。リーラの魔法と淡紅色の光と、青色が交わり、不思議な色合いになる。

ノックが終わると、すぐさま扉が開かれた。

「わ……！」

突然アルブレヒトが出てきたため、わかっていたとはいえドキリとする。

数日前は緊急事態であったこともあり、会話をするのにもこれといった抵抗はなかったが、やはり相手は第一王子なのだ。

そんな緊張が伝わったのだろうか。リーラの顔を見たアルブレヒトは怪訝そうな表情をすると。

「何をゴーストでも見たような顔をしてるんだ。早く中に入れ」

「は、はい……！　失礼します」

リーラがアルブレヒトの部屋の中に入れば、音もなくドアは閉められた。


アルブレヒトの部屋も勿論個室ではあったが、王族専用の部屋だからだろう、リーラの部屋とは何もかもが違っていた。

部屋の広さ、調度品、家具。部屋にはいくつもの絵画が飾られており、本の中で見た城の中の景色そのままのようだった。さらに、奥にももう一つ部屋があるようだ。

床に敷かれた絨毯《じゅうたん》も、廊下に敷かれているものよりもさらに良いもののように見える。

リーラが立ち尽くしていれば、アルブレヒトから声をかけられる。

「本当はここで話せたらいいんだが、お前も聞かれたくない話だろうから、寝室の方に来てくれ」

「は、はい……」

むしろ、そんなプライベートな空間に自分が入っていいのだろうか。そんなふうにも思ったが、とりあえずアルブレヒトがそう言っているので、リーラも一緒に寝室に足を踏み入れた。

天蓋《てんがい》付きの広いベッドが置かれた部屋は、先ほどの部屋よりは少し手狭にはなっているものの、それでも十分な広さがあった。

「その辺、適当に……って悪い、椅子もなかったな。ベッドの上にでも座っておいてくれ」

「え、ええ？」

いいのだろうか。確かに風呂《ふろ》には入ったため汚れてはいないとはいえ、王族のベッドに座るのにはやはり抵抗があった。

「話は長くなるだろうし、お前が座らないと俺も座れないだろう？」

「わ、わかりました……」

別に、自分は立っていてかまわないと言いたかったが、アルブレヒトの性格を考えても、それは許せないのだろう。

リーラがベッドに座ったのを確認すると、アルブレヒトはドアに向かって何か呪文《じゅもん》を詠唱している。

少ししか聞き取れなかったが、おそらくかなり高度な魔法であることはわかった。

終わった瞬間、部屋の中が一瞬青色の光に包まれた。

「これで、ここで話したことは一切外部の者に伝わることはない」

そういえば、魔法によってはその部屋の記憶を見ることができるものもあったはずだ。話がある、そう言われた時には内容が気になったが、思い当たる節はなかったため、考えないようにしていた。

けれど、ここまでアルブレヒトが慎重に慎重を重ねているとなると、リーラの表情も固まっていく。

まさか、という思いと、やはり、という思いがどちらも頭の中に過《よぎ》る。

リーラのすぐ隣に座ったアルブレヒトが、ゆっくりとその顔をリーラへ向ける。

「まどろっこしいのは好きじゃない。単刀直入に聞く」

「……はい」

心臓が、早鐘を打つ。膝《ひざ》の上で組んでいた手を、ギュっと握った。

「オメガのお前が、どうしてこの学院にいるんだ」

アルブレヒトがそう口にした瞬間、リーラの全身がぞわりと粟立《あわだ》った。

震えそうになる手に、もう一度力を入れる。

「な、なにを仰《おっしゃ》るんですか、殿下。僕はベータで……」

「俺は他のアルファよりも鼻が利く。かつては王族に自身の血縁の者を産ませようと、オメガを送り込んできた大臣すらいた。それで、強い自制心を持つために幼い頃から訓練を行っている。だから、どんなに薬で抑えていてもわかるんだ」

淡々と言われ、リーラの表情が硬直する。

「とはいえ、どちらかというとオメガのにおいにはあまり良いイメージがない。甘ったるくて不快感すら覚えるくらいだ。だけど、お前のにおいはそうは思わなかった。だから、気づくのが遅れたんだな」

「そ、そうなんですか……、ですが、僕には関係のないお話で……」

声は震えていたが、ここでオメガであることを肯定することはできない。

この学院は、どんなバース性でも受験することはできる。ただし、オメガであることがわかればその時点で不利になることを恐れ、リーラは自身のバース性はベータであると偽って書類を提出した。

それがわかった時点で、入学を取り消されてしまう可能性があった。

「別に、お前がオメガだからといって、どうこうしようと思ってるわけじゃない、ただ……」

「誤解です、僕は、オメガではありません……！」

不敬であるとはわかっている。それでもなお、強い物言いでリーラはアルブレヒトの言葉を遮った。

「これだけ言ってもなお、認めないのか……」

アルブレヒトの声色には、落胆が含まれていた。さすがに罪悪感が胸を過ったが、それでも自身のバース性を認めることはできない。

居たたまれなくなり、そっと視線を逸らす。けれどその次の瞬間、伸びてきたアルブレヒトの腕で、リーラの身体はベッドへと押し倒された。

「な……！」

すぐに起き上がろうとするが、その前にアルブレヒトに覆いかぶさられ、身動きがとれなくなる。さらに。

え……？

アルブレヒトの身体からふわりととても良いにおいが香ってくる。抵抗しよう、そう思っているのに全く身体が動かない。

慌ててアルブレヒトの顔を見れば、美しい青色の瞳がじっとリーラを見つめていた。

「身体が動かないだろう？　強い魔法力を持つアルファだけが使える力だ。気に入ったオメガを番にするために考えられたらしい……相手の意思など関係なくな」

息がかかるほどの距離で、アルブレヒトが囁く。その声は、どこか苦し気に聞こえた。

「これでわかっただろう。俺は、やろうと思えばお前の意思など簡単に封じることもできる。だから……頼むから本当のことを話してくれ」

アルブレヒトがそう言った瞬間、身体が自由に動かせるようになった。リーラの上から身体を退《ど》け、さらにリーラの身体を起こしてくれた。

強引に聞き出そうと思えばそれができたはずだ。けれどアルブレヒト自身はそれを望んでいない。だからこそ、リーラの口から真実を話して欲しいということなのだろう。

起き上がったリーラは、もう一度アルブレヒトの顔に視線を向ける。自分を見るまっすぐな視線は真剣なもので、信じて欲しいと訴えかけているかのようだった。

「殿下が仰るように、僕はオメガです」

ぽつりと呟《つぶや》いた声は、静まり返った部屋の中にことさらよく聞こえた。

アルブレヒトの切れ長の瞳が見開いた。確信はしていたのだろうが、いざ本人の口から聞くとなると、驚きは隠せなかったのだろう。

「どうして……なんでそんな危険な道を選んだ！　この学院の生徒のほとんどがアルファだということはわかっているんだろう？」

「医師の資格を得るためには、この学院で学ぶしかなかったからです」

医師資格を得るための学校は他にもあるが、多大な入学金と授業料がかかる。

「だからって……あまりにも無茶だ……」

アルブレヒトが自身の額に手を当てて、ゆっくりと首を振った。

「……どうして、医師になりたいんだ」

「え？」

「確かにお前は優秀だ。ベータ、いやオメガでこれだけの能力を持つ者はなかなかいないだろう。だが、優秀な医師のほとんどはアルファだ。オメガのお前が、そうまでして医師になる必要はあるのか？」

能力ではオメガがアルファに敵うことはないと、そうアルブレヒトは言いたいのだろう。アルブレヒトの言うことは正しい。実際、医師が占めるアルファの割合は全体の半分以上だったはずだ。

合理的な考えを持つアルブレヒトのことだ、自身の持つ能力以上を必要とする医師という仕事をリーラが目指すことが理解できないのだろう。

「オメガだからといって、仕事もせずに家庭に入れなんて言うつもりは毛頭はない。お前の持つ力を考えても、それは勿体《もったい》ないと思う。だが、医師は体力も必要とするし重労働だ。それだったら、もっと他の仕事を見つけた方がいいんじゃないか」

言葉を選びながら、慎重にアルブレヒトが言った。おそらく、普段のアルブレヒトであればもう少しはっきりとした物言いをするはずだ。

リーラが思っていた通り、この人は、本来とても優しいのだろう。

「確かに、僕が医師にならずとも他にも優秀な医師はたくさんいます。けれど……僕が住むバブルス村の医師になれるのは僕だけです」

「バブルス村……確か、国境沿いにある小さな村だったか？」

「はい。羊毛の交易でなんとか食べていけている村なんですが、本当に何もない、小さな村なんです。元々僕は余所者《よそもの》で、何かの事故に巻き込まれた母が森の中で倒れているのを見つけて、村の人間が保護をしてくれたんです。食べ物だって少ないのに、身重だった母を助けてくれたのは村の人たちで……そのおかげで、僕も生まれることができました」

　母はその時の事故で記憶を失っており、自分の名前すら覚えていなかった。あと少し発見が遅ければ母も、そしてその体内にいた自分の命も危うかったのだという。

「元々母は身体が弱く、僕の物心がつく頃には流行り病で亡くなってしまったんですが。その後僕を育ててくれたのが村の人々と、そして義父なんです。義父といっても、周りからは祖父だろって言われてしまう年齢なんですが……義父は、この村で唯一の医師でした」

　既に七十近くになる義父の診療所には、いつもたくさんの村人がやってくる。農作業には怪我がつきものだからだ。

「義父の後を継いで医師になること、それが僕を育ててくれた村への恩返しだと思っています。だから、どうしても僕は医師にならなければなりません」

　一人の老医師しかいない貧しい村。王都で育ったアルブレヒトからすれば、想像もつかない話だろう。

オメガである自分が、たくさんのアルファに囲まれたこの学院で学ぶことがどれだけ危険であるかは、リーラもわかっている。義父にも、最後まで反対された。

それでもなお、リーラは医師にならなければならなかった。

アルブレヒトは、黙ってリーラの話を聞いていた。話が進むにつれ、だんだんとその表情は難しいものになっていった。

「……悪かった」

話を聞き終わったアルブレヒトが口にしたのは、謝罪の言葉だった。

「え……?」

「お前の事情も知らず、随分無神経なことを言ってしまった」

「いえ……そんな……!」

別に、謝って欲しかったわけではない。慌ててリーラは首を振る。

「殿下の仰ることは、もっともですから……」

「それに……地方の医師不足は国の責任だ。改善するためにも、制度を変えるよう働きかけているんだが……。なかなか地方に行きたがる医師がいなくてな」

アルブレヒトの言葉に、純粋にリーラは驚いた。地方の医師不足は深刻な問題で、それこそ機会があるたびに中央政府に訴えているという話は聞いたことがあった。けれど、議会に提出されても、ほとんど進展はないままだそうだ。

「時間はかかるかもしれないが、地方に医療を学ぶための学校を作るというのも手だな。父上に、相談をしてみる」

「ありがとうございます……」

こんなにも、アルブレヒトが自分の話を真剣に聞いてくれるとは思いもしなかった。驚きながらも、礼を言う。

「お前の考えはよく分かった。だが、これだけのアルファに囲まれた中で生活をするというのはあまりに危険だ。俺としても、見過ごすことはできない」

それとこれとはまた別だ、とばかりにアルブレヒトが言った。

「ヒートを抑えるための薬は、定期的に服用しています。ご迷惑は……」

「そういう話じゃない、単純に、お前のことが心配なんだ」

さらりと口にされ、胸が高鳴る。

「今お前が飲んでいる薬はなんだ?」

「あ、はいえっと……」

オメガのための薬は、購入しやすいよう安価で買いやすいようになっている。

特待生であるリーラは返還の必要のない奨学金を得ているため、薬を買うのにも問題はなかった。

「……悪くはないが、少し成分が強いな。もう少し、身体に負担の少ない薬に替えた方がいい。お前は嫌かもしれないが、バース性のことを叔母上に相談してもいいか？」

「え……？　エレノア先生に、ですか？」

「ああ。実は叔母上の娘もオメガなんだ。だから、お前に対しても親身になってくれると思う。何かあった時には、相談するといい」

そういえばエレノアは既婚者だと聞いたことがあった。名門貴族の娘であるにもかかわらず、仕事を続けているのはそういった理由もあったのか。

「勿論、俺のことも頼ってくれていい。学年や専門学科が違うため、なかなか話す機会はないが……そうだな」

アルブレヒトが部屋の窓に視線を向け、鍵《かぎ》がかかった窓を開ける。手を使わずとも、アルブレヒトは器用にものを動かすことができる。

指笛を小さく吹けば、何か突風のようなものが部屋の中に入ってきた。

入ってきたのは風ではなく大鷲で、アルブレヒトの手の上にきれいに留まった。

「あ、その大鷲……！」

「ラパスだ。猛禽類《もうきんるい》という意味だから、そのままなんだけどな。そうだ、あの時には驚かせて悪かったな。こいつは滅多なことでは人には近づかないんだが、お前のことは気に入ったのかもしれないな」

アルブレヒトがそう言うと、大鷲、ラパスはちらりとリーラに視線を向けた。

「お前の部屋には、確か窓があったな？」

「はい」

「何かあったら、手紙を窓に差し込んでおいてくれ。お前のにおいはもう覚えたはずだ。こいつが手紙を運んでくれる」

「あ、ありがとうございます……！　よろしくね、ラパス。ですが、ここまでしていただくのは申し訳がなくて……」

アルブレヒトの申し出はとても嬉しかったが、どこか信じられない気持ちでリーラはアルブレヒトの言葉を聞いていた。

これまで学院では自分のバース性のことを誰にも言えず、緊張と隣り合わせで生活をしてきたのだ。

そんなリーラにとって、アルブレヒトの言葉はとても心強かった。

「別にそれは気にしなくていい。俺がしたいからしているだけだ」

「え？」

「頑張っている人間は好きなんだ。俺に、お前を応援させて欲しい」

そう言ったアルブレヒトは、鮮やかな微笑みをリーラへ向けた。

「よ、よろしくお願いします……」

頬《ほお》に熱が溜まっていくのを感じながら、リーラもぽつりと呟いた。

アルブレヒトが口の端を上げ、その大きな手でリーラの髪を優しく撫でた。

その日は、夜が更けるまでリーラはアルブレヒトと色々な話をした。

本当は自室に帰る予定だったのだが、見回りをしている寮の使用人たちの鈴の音が聞こえ、部屋を出る機会を失ってしまったのだ。

第一王子と同じベッドで寝ることには勿論抵抗があったし、ソファを貸して欲しいと頼んだが、結局聞き入れてはもらえなかった。

けれどリーラが何より嬉しかったのは、自分がオメガだとわかっていても、アルブレヒトがリーラに対し何もしようとしなかったことだ。

自分をオメガとしてではなく、一人の人間として見てくれた。だからリーラも、アルブレヒトの隣でぐっすりと眠ることができた。

＊＊＊

小教室での授業は、こぢんまりとした雰囲気で行われるため、教諭への質問もしやすい。試験が存在しない科目もあり、そういった場合の成績はレポートで判断される。生徒たちもどこかリラックスして授業を受けているし、リーラも楽しみにしていた。

けれど、最近はそういった小教室での授業がひどく憂鬱《ゆううつ》になった。

「それでは、各自二、三人のグループに分かれて調べてください。提出は再来週までとします」

中年の女性教諭がそう言うと、生徒たちが音を立てて椅子から立ち上がっていく。

リーラはちらりと振り返り、二つ後ろの席に座っているミヒャエルの方に視線を向ける。

ミヒャエルはそんなリーラの視線に気づいたようだったが、すぐに横を向き、隣の席の生徒へと話しかけた。

おそらく、グループ作業は彼と行うのだろう。

……困ったなあ。

これまではこういったグループ作業の場合、いつもミヒャエルと組んでいたため、他の生徒と組む当てがないのだ。

入学から半年が経過しているのだ。既に仲の良いメンバーは固定されているし、そこに今更自分が入っていけるとは思えない。

特に最近のリーラは、クラスでもこれまで以上に浮いているのだ。

「なあ、もしかしてあいつ一人なのかな……？」

「かわいそうだから誘ってやれよ」

「やだよ、殿下にあることないこと吹き込まれでもしたら嫌だし」

耳に入ってきたクラスメイトの言葉に、ムッとする。

誘ってくれなくても結構、自分だってお前たちのグループになんて入りたくない。

そう怒鳴ってやれたならどれだけいいだろう。けれど、それをやったところでかえって相手を喜ばせるだけだ。

仕方がない。今回の課題は調べる資料の量が多いため、グループで分担するように言われているが、一人でこなせないほどの量でもない。

教諭に一人ですることの許可を得るしかないだろう。そう思い、立ち上がろうとした時だった。

「リーラ」

可愛《かわい》らしい、高い声が耳に聞こえてきた。

気がつけば、銀色の長い髪を持つ、美しい少女がリーラの目の前に立っていた。

「ティルダ……」

「ねえ、どのグループに入るかもう決まった？」

「え？　いや、まだだけど……」

「だったら、私と組みましょうよ」

教室の視線が、ちらちらと自分たちに注がれている。けれど、ティルダはそういった周囲の反応をものともせず、両手にテキストを持ち、にっこりとリーラに対し微笑んだ。

「いいの……？」

「勿論よ、リーラと一緒なら、絶対良いレポートが書けるもの」

ティルダの言葉に、リーラの胸がじんわりと温かくなる。もしここが教室でなければ、泣いていたかもしれない。

それくらい、ティルダの優しさが嬉しかった。

＊＊＊

「本当に、みんなくだらないわね……あんな噂《うわさ》を信じるなんて、馬鹿みたい」

資料を探しに図書館へ向かうというティルダについていけば、廊下に出た途端、我慢できないとばかりに零し始めた。

ティルダは入学当初からリーラと懇意にしてくれている数少ない友達だ。王家に連なる伯爵家の令嬢で、学院内ではティルダ姫と呼ばれている。

当初はリーラもそう呼んだのだが、姫はやめて欲しいと恥ずかしそうに言われた。

勝ち気で美しい友人は、リーラに対するおかしな噂が流れてもなお、態度を変えることはなかった。

きっかけは、一カ月ほど前に行われた実技の授業だった。

あの時、深手を負ったライリーはしばらくの間入院していたが、実際のところは停学という処分が下されていた。

アルブレヒトは退学でいいと学院側に進言したのだが、それを止めたのはリーラだった。

勿論、リーラもライリーに対しては思うところがあったが、学院をやめさせるというのはあまりに厳しい処置だと思ったからだ。

リーラの話を聞いてくれたアルブレヒトは渋々ながらも了承し、さらにライリーの父親は息子を許して欲しいと跪《ひざまず》く勢いでライリーの処遇を決める会議で頭を下げたのだという。

そのため、ライリーは退学を逃れ、怪我が治った後は学院へと復帰してきた。問題は、その後に起こった。

リーラとしては、あれだけの目にあったのだ、ライリーもこれまでの自身の行いを省みるのではないかと、そんなふうに思っていたのだが、リーラはライリーを見くびっていた。

自分の名誉を回復させるためなのだろう、ライリーはリーラに対する讒言《ざんげん》を、ここぞとばかりに周囲へと吹聴し始めたのだ。

ライリーが怪我をしたのはリーラがアルブレヒトに対し、ライリーを貶《おとし》めるようなことを伝えていたからだ。地方出身のベータだということで、元々リーラに同情的だったアルブレヒトはその言葉を信じ、実技の授業でリーラに味方した。本来はライリーが勝ったはずの試合も、リーラの卑怯な行為により、自分は負けてしまった――と。

堂々とつく嘘《うそ》は、時として真実よりも伝わりやすい。

実技の授業のライリーに関しては、リーラが一切何も話していなかったこともあり、それがまるで真実であるかのようにクラス内では伝わってしまった。

こんな話、誰も信じるはずがない。

リーラはそう思ったが、あの授業の後、アルブレヒトが一人の生徒を抱えて寮に運んでいる姿を見たという生徒はクラス内にもいた。

そのため、アルブレヒトがリーラを特別扱いしている、という点だけはある意味真実であるため、皮肉なことに説得力を持ってしまったのだ。

元々クラス内で浮いていたこともあり、リーラを見る周囲の視線はますます厳しいものになった。

厳しいというよりも、元々潜在的にあったリーラへの嫉妬《しっと》や猜《そね》み、やっかみが表に出てきたといっても過言ではないだろう。

ライリーは、生徒たちのそういった心を的確に刺激していったのだ。

王族、しかも第一王子であるアルブレヒトに贔屓《ひいき》されている、というのはさらにそれに拍車をかけた。

リーラとしては、別に他の生徒たちにどう思われようとどうでもよかった。今回リーラがショックだったのは、ライリーの言葉を信じたのか、ミヒャエルまで自分を避け始めたことだった。

ミヒャエルだけは、あんな噂を信じたりしない。そう思っていたリーラの心は深く傷ついた。

でも、だからこそ態度を全く変えない、ティルダの存在は嬉しかった。すぐに事情を聞きに来たティルダが、ライリーではなくリーラの話を信じていてくれことも。

「それに、アルブレヒトお兄様は確かに優しい方よ。だけど、そんな依怙《えこ》贔屓を行う方ではないのに……リーラも大変だったわね」

「う、うん……」

ティルダの言葉に、リーラは少しだけドキリとした。確かに、ライリーが言うようなおかしな依怙贔屓をアルブレヒトは行ったわけではない。

それでも、自分に対しアルブレヒトがかなり特別扱いをしてくれていることは確かだった。日をあけずにラパスが届けてくれる手紙からもわかる。

勿論、それはリーラがオメガであることを知っているため、心配してくれているからではあるのだが。

もしかしたら、ティルダはリーラへの扱いに怒りを感じると同時に、アルブレヒトの印象まで悪くなっているのが気にくわないのかもしれない。

父親が現国王の従兄弟《いとこ》という関係であるため、ティルダは幼い頃からアルブレヒトやエーベルシュタインを知っているのだと以前こっそり教えてくれた。

そんなふうに、しばらくライリーたちへの不満をティルダは口にすると、ちらりとリーラへ視線を向けた。

ティルダは女性の平均的な身長ではあるが、リーラが元々身長が高い方ではないため、目線は近い。

「……どうしてリーラは怒らないの？」

「え？」

「私は、友人がこんな目にあって、腹立たしくてたまらないのに」

薔薇色《ばらいろ》の頬を、ぷくっと膨らませてティルダが言った。そんな愛らしい仕草に、自然とリーラの頬が緩む。

友人、その言葉がストンとリーラの胸に落ちてきて、心を明るくした。

「ティルダが、代わりに怒ってくれているからかな」

小さく笑ってそう言えば、ティルダは大きな目を何度か瞬かせ、ぷいと横を向いてしまった。

「リーラは性格が良すぎるのよ」

そう言いながらも、その表情は嬉しそうだった。

図書館で資料を調べ終わった後は、そのまま流れで食堂へ向かうことになった。

今日は比較的食堂に人が少なく、すぐに席を見つけることができたのだが、二人が席へと向かう途中、後ろから声をかけられた。

「あれ？　リーラにティルダ？」

「エーベルシュタインお兄様」

反応をしたのは、ティルダの方が早かった。

嬉しそうに振り返り、エーベルシュタインの名を呼んだ。

「お兄様もこれから昼食ですか？」

「うん、最近はずっと研修先の医院に入り浸ってたんだけど、ようやく時間ができたからね」

「だったら、私たちとご一緒しましょう」

「そうだな……いいかな？　リーラ」

ティルダの言葉に頷きつつも、エーベルシュタインがリーラに視線を向けた。

「はい、勿論です」

リーラがそう言えば、エーベルシュタインが小さく笑んだ。

二人で窓際の席に座れば、すぐさま給仕がテーブルにやってきた。

前回同様に、エーベルシュタインがいることで給仕の態度はいつも以上に丁寧だった。

そして、注文をとった給仕がその場を離れた頃、ふと思い出したようにエーベルシュタインが口を開いた。

「そういえば……今日は彼は一緒じゃないんだな」

「え？」

「ほら、リーラがいつも一緒にいる背の高い……」

おそらく、ミヒャエルのことだろう。エーベルシュタインの言葉に、リーラの表情が固まる。

「ああ、それが……聞いてくださいよ、エーベルシュタインお兄様」

ティルダは、未だ怒りが収まらないという様子でこれまでのことをエーベルシュタインに話し始めた。

ここ一カ月の間、研修に出ていたというエーベルシュタインは、学内の事情はほとんど知らないようだった。

最初は穏やかな表情で聞いていたエーベルシュタインの顔が、だんだんと険しくなっていく。

「そんなことが……だから、一般の生徒が実技とはいえ魔法戦をするのには反対なんだ。リーラ、怪我は大丈夫だったのか？」

「あ、はい……。アルブレヒト殿下に、庇っていただきましたし」

思わずそう言ってしまったが、アルブレヒトの名前を出した途端、エーベルシュタインの形の良い眉が上がった。

まずい、不快にしてしまったかと思ったが、すぐにその表情は穏やかなものになった。

「そう、それはよかった。だが、心配だな……」

そう言ってエーベルシュタインは腕組みをし、何か考えるようなそぶりを見せた。そして。

「リーラ、もしよかったら……これからはできる限り学内では一緒に行動できないか？」

「え？」

「お前が変な噂をたてられているのは、アルブレヒトとの間に何かあるのではと疑われているからだろう？　俺と一緒にいれば、そんな噂もなくなると思うんだ。それに、俺が隣にいれば下手なことはできないだろうし」

エーベルシュタインの深い青色の瞳は真摯で、心からリーラのことを心配してくれていることがわかる。

同時に、周囲の視線には、そういったアルブレヒトとの仲を邪推したものが含まれていることを改めて実感する。

そういえば学内、廊下や食堂でアルブレヒトに会うと、話しかけられることこそなくとも、リーラに対し笑顔を向けてくれていた。

そのたびに、リーラもアルブレヒトに対し笑顔を返していた。

毎日のようにやりとりしている手紙にも、そういった話が時折書かれている。

お前が食べていた昼食が美味しそうだったとか、そんな些細《ささい》なものだが、気にかけてくれていることがわかり、嬉しかった。

けれど、事情を知らない周囲にはかえって憶測を生んでしまったのかもしれない。

「わあ、それがいいわ、お兄様。エーベルシュタインお兄様とリーラは専門学科も同じだし、一緒にいても不自然ではないもの」

リーラの隣で話を聞いていたティルダも、笑顔で賛同する。

「で、ですが……よいのでしょうか？」

これまでもエーベルシュタインとは学内で会うことも多かったが、さすがにそこまでしてもらうのは申し訳ない気がしてくる。

「今の医院での研修期間も終わり、しばらくは学院にいる時間が長くなるから、問題ないよ。それに、一緒にいれば勉強の相談にも乗れるし」

そう言われてしまっては、断ることもできない。

最近は専門科目の勉強も難しくなってきており、エーベルシュタインが助言をしてくれるというのなら願ったりかなったりではあった。

「それでは……よろしくお願いいたします」

「うん、こちらこそ」

リーラが頭を下げれば、嬉しそうにエーベルシュタインが微笑んだ。


できる限り自分が一緒にいる。自身の口からそう言ったように、それからできうる限りエーベルシュタインはリーラとともにいてくれた。

朝食の時間も合わせ、寮を出るときにも一緒、昼食や、放課後もエーベルシュタインが時間がある時には自習室で二人で過ごした。

ありがたくはあったが、王子にここまで至れり尽くせりしてもらうのは、だんだんと申し訳ない気持ちになってくる。

けれど、エーベルシュタインと一緒に過ごすようになってからは、確かに周囲の態度は以前よりも穏やかなものになった。

しかしそれは、決してリーラへの好感が高まったからというわけではない。

おそらく、リーラに何かして、それをエーベルシュタインに話されては自身の立場も危うくなるとでも思っているのだろう。

これまではアルブレヒトとの間を疑われつつも、それは噂の域を出なかったが、エーベルシュタインの場合、目に見えて懇意にしているのだ。

虎《とら》の威を借るようで、正直リーラとしてはあまり気分のよいものではなかったが、周囲からの悪意に精神的に参っていたのも確かだ。このまま自分の周りが静かになれば、それでいいとすら思っていた。

週末、自分の部屋に来るように。そんなメッセージが書かれたアルブレヒトからの手紙をラパスが届けたのは、それからすぐのことだった。

4

緊張した面持ちで、以前と同じようにリーラは最上階のアルブレヒトの部屋に向かった。

手に魔法をこめ、前回と同じようにノックをしようとする。けれどリーラの手が触れた瞬間、目の前の扉が開かれた。

「あ……」

「遅かったな、忙しかったのか？」

「すみません……今日中に提出しなければいけない課題があって」

特待生として補助金を得ているリーラは、成績を落とすことは許されない。そのため、試験以外の課題も手を抜くことはできなかった。

「まあいい、中に入れ」

「あ、はい。お邪魔します」

気のせいだろうか。今日のアルブレヒトは、あまり機嫌が良くないようだ。

そう思いながらも、リーラは招かれるままにアルブレヒトの部屋の中へと入った。

部屋の中は明るく光が灯されており、その光がほんの少し青みがかっていることからも、アルブレヒトの魔法であることがわかる。

促されるままに、中央にあった椅子に座る。

「葉茶でいいか？」

「ま、待ってください……僕が淹《い》れます」

慌てて立ち上がろうとしたが、既にティーポットとカップを二つ、アルブレヒトが持ってきたところだった。

殿下に茶を淹れていただくなんて……。

恐縮し、固まってしまえば、そんなリーラの気持ちが伝わったのだろう。

「気にしなくていい。自分のことが自分でできるのは、この学院にいる間だけだからな」

口の端を上げて、アルブレヒトが言った。

確かに、王子であるアルブレヒトは学院での生活が終われば軍学校へ入り、さらにその後は王宮で生活するはずだ。

自由に、他の生徒たちと同じような生活ができるのも、今の間だけなのだろう。

同じ学院で学べているとはいえ、自分とアルブレヒトの立場の違いを改めて実感する。

「美味しい、です」

アルブレヒトに淹れてもらった茶に、口をつける。

良いかおりと、ほのかに甘さが舌に残る、優しい味だった。

「まどろっこしいのは好きじゃない。単刀直入に聞く」

リーラと同じように茶を飲んだアルブレヒトは、カップをソーサーに置き、真剣な瞳でリーラを見つめる。

「は、はい……」

前回と同じ文言に、自然とリーラの背筋が伸びた。

わざわざ自分を呼び出したのだから、何かしら話はあると思っていた。けれど、思い当たる節が見つからなかったのも確かだ。

「エーベルシュタインと付き合っているのか？」

アルブレヒトが言った言葉の意味を、すぐに理解することができなかった。

頭の回転はそれなりに速い自信があったのだが、アルブレヒトが発した内容が、思ってもみない言葉だったからだろう。

「……は？」

付き合っている、それはつまり、恋人同士ということだろうか。いや、もしかしたら他の意味だろうか。

頭の中に次々と疑問が湧き、なんと聞けばよいのかわからない。それだけ、自分は混乱しているということだろう。

けれど、とにかく今はアルブレヒトの言葉を否定しなければならない。黙り込んでしまったリーラに対し、ますます不機嫌になっていくのがわかったからだ。

「ち、違います……」

「だったら、なぜ最近のお前はいつもエーベルシュタインと一緒にいるんだ？　恋人でもなければ、あんなふうにずっと一緒にはいないだろう」

やはり、付き合うとはそういう意味だったのかと内心安堵《あんど》する。けれど、安堵もしてはいられない。

とにかく、今はアルブレヒトの誤解をとかなければならないと、そう思ったからだ。

「実は……」

本音を言えば、あまりアルブレヒトの耳には入れたくない話だった。いじめのようなものを受けていることを告白するのには勇気がいったし、少し情けなくも感じていた。

さらに、それをエーベルシュタインに庇われているというのも、具合の悪い話だった。それこそ、軽蔑《けいべつ》されるのではないかと。

けれど、アルブレヒトの反応は、リーラが思っていたものとは随分違っていた。

「……どこまで性根が腐ってるんだ、あいつは。だから、退学にしておけばよかったんだ」

怒りに満ちた低い声で、アルブレヒトが呟いた。

「す、すみません……」

退学は厳しすぎるとアルブレヒトに話したのはリーラであっただけに、思わず謝罪をしてしまう。アルブレヒトが、強い憤りを感じていることがわかったからだ。

「お前もお前だ、どうしてこんな大事なことを話さない。昨日なんて、叔母上は最近化粧が濃くなった、みたいなくだらない手紙を書いてしまったんだぞ」

そういえば、アルブレヒトの手紙にはそんなことが書かれていた。そのせいで、今日足を運んだ療養室で、エレノアの顔を正視できなかった。

「殿下から頂く手紙は、楽しくて好きですよ。……嫌なことも、忘れられますし」

リーラが困ったように笑ってそう言えば、アルブレヒトがなんともいえない顔をした。

「隠していたわけではないのですが。何かあったら言えと言われていたのに、話さなかったことは謝ります。だけど、殿下と手紙を交換している時だけでも、嫌なことを忘れたかったんです」

本当は、相談しようか何度か迷った。アルブレヒトならば、自分の力になってくれるはずだと、そんなふうにも思っていた。

そして、アルブレヒトを頼ることに申し訳なさを感じてしまったことも確かだ。

「お前はもう少し人に頼ったり、甘えることを覚えた方がいい。だいたい、それならどうしてエーベルシュタインには話してるんだ」

「それは……ティルダが全て事情を話したからだと思います。ティルダにそう言われてすしまえば、エーベルシュタイン殿下も何もしないわけにはいかなかったんでしょう」

　リーラがそう言えば、アルブレヒトが思い切りいぶかし気な表情をリーラに向けた。

「いや、明らかにそれは違うだろう……まあ、エーベルシュタインのことはこの際どうでもいい。それよりもお前は、今のままでいいのか？」

「え？」

「確かにエーベルシュタインが一緒にいれば、お前に何かしたり、表立って悪く言う人間はいないだろう。だが、エーベルシュタインはずっとこの学院にいるわけじゃない」

　その通りだった。つらい現状をなんとかしたくて、ついエーベルシュタインを頼ってしまったが、確かに自分よりも二学年上のエーベルシュタインは先に卒業してしまう。

「リーラ、この際だからはっきり言わせてもらう。本来バース性は不平等なものだ。法律で改善しても、人の心まではなかなか変えられない。オメガのお前の能力がどんなに高くても、努力をしても、体力的にはアルファに劣ってしまうだろうし、使える魔法の量にも限度がある。学院を卒業した後も、一部の生徒のように、お前のことを好き勝手に言う人間だっているだろう」

　アルブレヒトの言う通りだ。この学院を卒業したからといって、自分のことを悪く言う人間がいなくなるわけではない。

　むしろ、学院を出ればさらに偏見や差別を受ける可能性だってある。

「もし、お前がそれに耐えられないなら、無理をして医師を目指す必要はない。それこそ、エーベルシュタインのようにお前を率先して守ろうとする人間なんていくらでもいるはずだ。オメガのお前にとっては、その方が生きやすいとも思う。だが、お前は本当にそれでいいのか？」

お前の医師になりたいという気持ちは、その程度のものだったのか。アルブレヒトが言いたいのは、ようはそういうことなのだろう。

お姫様のように庇われ、守られていれば、それで満足なのかと。

アルブレヒトの言葉に、リーラはゆっくりと首を振った。

「いえ……よくありません。誰かを頼るだけの人生ではなく、僕は自分自身の力で生きていきたい。勿論、そのためには周りの方々に協力していただかなければいけませんが」

リーラの言葉が、満足のいくものだったからだろう。アルブレヒトが破顔した。

「よく言った。さすがリーラだな」

優しいアルブレヒトの笑顔に、リーラも自然と頬が緩む。

「だったら……まずは俺が協力してやらなければいけないな」

「え？」

リーラが首を傾《かし》げれば、アルブレヒトがニッと面白そうに笑んだ。

ざわざわとした大教室の片隅で、リーラはこっそりとため息をついていた。

教諭が少し遅れるという連絡があったため、生徒たちの半分はまだ席に座っていない。

魔法学入門は必須科目で、同じ学年の多くの生徒がこの教室に集まっている。

クラスの中ではなんとなく孤立してしまっているリーラではあるが、さすがに他のクラスにまで噂は広がっていないため、気が楽だった。

それでも、なんとなく多くの人に囲まれていると、もしかしたらまた何か陰口を叩《たた》かれているのではないかと、そんな気持ちになる。

……弱気になっちゃダメだ。アルブレヒト殿下だって応援してくれているんだし。

人の気持ちを変えることなんてできない。だからこそ、変わらなければならないのは自分の方だ。

アルブレヒトはリーラの気持ちに寄り添いながらも、決して甘やかすことはない。

自分を理解してくれる人が一人でもいるということは、こんなにも心強いのだと、アルブレヒトと話すたびにリーラは思う。

エーベルシュタイン殿下にも、きちんと事情を話そう。

リーラを守ろうとするエーベルシュタインの気持ちが嬉しかったとはいえ、どこか居心地の悪さも感じていたことも確かだった。

もしかしたら、これがきっかけでエーベルシュタインとの縁は途切れてしまうかもしれないけれど、その時はその時だ。

この授業が終わって、食堂で一緒になった時にでも話そう。そう思った時、教室の入り口がより一層ざわついているのを感じた。

教諭が来たのだろうか、いや、それならむしろ教室内は落ち着くはずだ。

興味本位から、そっと教室の入り口へと視線を向ける。

……え？

入り口を見れば、ちょうどリーラが先ほどまで考えていた人物、アルブレヒトが室内へ入ってくるところだった。

な、なんで……？

学年の違うアルブレヒトは、勿論この授業は受けないはずだ。だったらなぜ。

アルブレヒトはゆっくりとした足取りで教室内を見渡すと、目当ての人物が見つかったのか、その生徒の方へ颯爽《さっそう》と歩いていく。

長身のアルブレヒトは、スラックスにブラウス、テイルスーツという標準制服もとても似合っており、自然とみなの視線を集めた。

周囲が気づいたことにより、ようやく話に夢中になっていたそのグループも、アルブレヒトの存在に気づいたようだ。

「ア、アルブレヒト殿下……？」

ヒッと、今にもひっくり返そうな声で、アルブレヒトの名をライリーが呼んだ。

「もう怪我はよいのか？　エプスタイン」

アルブレヒトが口を開いたところで、水を打ったように教室内が静かになった。

「は、はい……おかげ様で」

リーラの側からはライリーの表情しか見えないが、その笑顔が思い切り引きつっているのがわかる。

「それはよかった。魔法戦に負けた腹いせに、無抵抗の人間を攻撃するような人間は、退学でいいと俺は言ったんだが、リーラがさすがに重すぎると言ってくれたからお前の処分は停学になったんだ。リーラに感謝して、精いっぱい励むんだな」

アルブレヒトの声は決して大きくはなかったが、小さくもなかった。静まり返った教室にはその声はよく響いた。

「はあ？　負けた腹いせに攻撃？　卑怯すぎるだろ」

「そう、あれはひどかった。相手は大怪我をするところだったんだぜ。けど、その時にアルブレヒト殿下が現れてさあ……すごくかっこよかった」

アルブレヒトが話した内容をきっかけに、その時同じ教場にいた生徒たちがあちらこちらでその話題を口にし始めた。同時に、ライリーへの非難が自然と集まる。

「っていうより、結果的にアルブレヒト殿下に攻撃を仕掛けるってまずいだろ……」

「いくら親が大貴族だっていってもなあ」

ライリーの顔が、どんどん青くなっていく。違うんだ、と自分の周りにいた生徒たちに弁解しようとするが、真実を知った生徒たちはライリーの言葉に聞く耳を持たなかった。

言うべきことは伝えたため満足したのだろう。アルブレヒトがゆっくりと階段を上り、教室を出ていこうとする。

その途中、リーラに気づくとこっそりと自身の拳《こぶし》を振ってみせた。

アルブレヒトの意図がわかったリーラは自身も拳を作り、通路に手を差し出しておく。

ほんの一瞬のことだった。リーラとすれ違う際、アルブレヒトがリーラの拳にコツンと触れていった。

ありがとうございます、殿下……。

後で、手紙でお礼をしっかり書こう。そう思いながら、教室から出ていくアルブレヒトを見守った。

手紙を書くまでもなく、リーラはアルブレヒトに礼を言う機会を得た。

リーフが食堂に行くと、入り口でアルブレヒトが待っていてくれたからだ。そして一緒にいたのは、アルブレヒトだけではなかった。

「今日は三人で昼食をとることにする。いいよな？」

腕組みをしたアルブレヒトが、エーベルシュタインにほんの一瞬視線を向ける。

「……リーラがいいと言うなら、それでいい」

エーベルシュタインにいたっては、アルブレヒトの方を見ようともしない。

「え……？」

この三人で、もしかして食事をするのだろうか。それはさすがに、どんなに美味しい食事でも喉《のど》を通る気がしなかった。

明らかに引きつったリーラの表情に気づいたのだろう。食堂に入る生徒たちが自分たちへと視線を向け、そして同じように目を瞠《みは》っていく。

「さすがにここは目立つな。叔母上に、療養室の隣を使えないか頼んでみる」

アルブレヒトの言葉に、そっと胸を撫で下ろす。もしこのまま三人で食事をとった日には、リーラは明日から学院中から注目を浴びてしまうところだった。

「食事はこの部屋に運ぶよう食堂に連絡してあるから、どうぞごゆっくり」

三人の顔を見たエレノアは、すぐに状況を察したのだろう。療養室の隣にある休憩室の鍵を開けてくれた。

滅多に使わないという話だったが、中は掃除が行き届いており、大きな机と椅子だけ見れば、まるで会議室のようだった。

アルブレヒトとエーベルシュタインが並んで座ったため、リーラはその向かい側に座ることになった。並んで座っているといっても、二人の間には人が一人座れそうなほどの間が空いている。

三人になったことで、周囲の視線こそ気にならなくはなったものの、ピリピリとした空気を放つ二人の様子に、リーラは息が詰まりそうになる。

「アルブレヒトから聞いたんだが……俺がずっと行動をともにするのは、お前にとって負担になっていたのか？」

初めに口を開いたのは、エーベルシュタインだった。

「え……？」

思ってもみなかった言葉に、リーラは首を傾げる。

「そんなことを俺は言っていない。だいたいそんな言い方をされてリーラが、はいそうですと言えるわけがないだろう」

「お前が言ったんだろう？　常に俺がリーラの傍にいれば、かえってリーラが悪目立ちをしてしまうと」

「その通りじゃないか。お前が一緒にいるとリーラの成績が良いのもお前の影響ではないかという目で見られるんだぞ。少しは王族であるという自覚を持ったらどうだ？」

「……他の生徒と同じように実技の授業に参加しているお前に言われたくはないな」

「軍科では他の生徒と同じように魔法戦をするのは当たり前だ」

「後方にいるはずの指揮官がむやみやたらに前に出て、お前の側近はさぞや助かるだろうな？」

二人の会話のやりとりに、胃が痛くなるような気分になる。

仲が悪いというのは周囲の噂で、実際は二人の仲は悪くないのではないかというリーラの予想は見事に外れたようだ。

「あ、あの……」

二人とも、自分に関する話をしているのだ。当の自分が黙って聞いているというのも、おかしな話ではある。

そう思い、リーラは勇気をもって二人の間に口を挟んだ。

「エーベルシュタイン殿下が、僕を気遣ってなるべく一緒にいてくださったことは、とてもありがたいと思っています。でも、さすがに連日ともなると、やはり殿下が僕のことを特別視しているのではないかと、そんなふうに思われてしまう可能性だってあると思います」

「別にそんなことを俺は気に……」

「お前は気にしなくても、周囲はそうはいかないだろう。学院を出たら、どこぞの姫君や令嬢との見合いだってあるんだろう？　醜聞は大敵なんじゃないのか？」

バース性が存在するこの世界は、同性婚も許されている。アルブレヒトが特定の生徒に表立って肩入れしていないのも、そういった理由があるからだろう。

けれどそう思った瞬間、リーラの胸がつきりと痛んだ。

エーベルシュタインにたくさんの縁談の話があるということは、同様にアルブレヒトにもきているはずだ。

な、何をショックを受けてるんだろう……王子様なんだから、当たり前じゃないか。

「……そうだな。確かに、あることないこと噂されるのは、良い気分ではない。だがリーラ、大丈夫なのか？」

「え？」

「その……一人で」

自分がいなくなれば、リーラは一人になってしまうのではないかと、そうエーベルシュタインは言いたいようだった。

エーベルシュタインの優しさは嬉しかった。けれど、リーラはその言葉に対し、深く頷いた。

「はい。最初は……一人でいることに周囲の目が気になったりもするかもしれませんが、少しずつ慣れようと思います」

だから、安心してくださいと。

「そもそも、一人になるとは限らないだろ？」

アルブレヒトがそう言ったところで、ノックの音が聞こえた。どうやら、給仕が三人分の昼食を運んできてくれたようだ。

二人とも、先ほどまでの年相応の少年の様子が嘘のように王子様然とした顔になる。

そして、給仕が恭しく下がったところで、再びアルブレヒトが口を開いた。

「この学院の奴だってみながみな馬鹿じゃない。お前と話してみたいと思ってる奴らだっているはずだ」

その言葉に、リーラは先ほどの教室でのアルブレヒトの行動を思い出した。

あれは、リーラが受けている誤解を解くというよりも、他の生徒がリーラに対して持っている垣根を取り除こうという試みもあったのではないだろうか。

「それならいいが……リーラ、これまでのように一緒にいることはできないが、何か困ったことがあったらいつでも相談してくれ」

「はい。ありがとうございます、エーベルシュタイン殿下」

二人のやりとりを横目で見ながら、既にアルブレヒトは目の前に出された食事をきれいに食べ始めた。

さすが王子とでもいうべきか、エーベルシュタインもナイフとフォークの持ち方は美しいが、アルブレヒトも同じくらい上手だった。

既に休み時間は半分ほど過ぎてしまっている。リーラも慌ててカラトリーに手を伸ばし、食事を始める。

「以前から思っていたが、リーラのナイフとフォークの持ち方はきれいだな」

そんなリーラを見て、エーベルシュタインが声をかけてくれた。

「あ、ありがとうございます……」

「確かにそうだな。誰に教わったんだ？」

アルブレヒトの問いに、リーラは少し恥ずかしそうに答える。

「母です……優しい母でしたが、テーブルマナーにだけは厳しくて……」

言いながら、ふと疑問が過る。

義父の家はそれなりに裕福だったこともあり、ナイフとフォークは揃《そろ》えられていた。けれど、どうして母はあんなにきれいにナイフとフォークを使えていたのだろうか。

考えても、仕方がないか。

残念ながら、母が既に他界してしまっている今、それを確かめる術《すべ》はない。

ただ、もしどこかで生きているとしたら。自分の父親に会ってみたいと、リーラはそう思った。

＊＊＊

アルブレヒトが言ったように、クラスでのリーラの扱いは目に見えて変わった。

さすがに今までの態度が態度であったため、きまりが悪い生徒もいるようだったが、以前のように陰口を言われるということはなくなった。

中には誤解をしていたことを申し訳ないと謝ってきた生徒もおり、そのたびにリーラは気にしていないと首を振った。

変わったのは、リーラに対しての態度だけではなかった。ライリーが、一部の取り巻きを除き、明らかにクラスで孤立し始めたからだ。

勿論、表立ってライリーに嫌がらせのようなことをする生徒はいなかったが、傍目に見ても意気消沈していることは明らかだった。

一部の取り巻きも、実際のところはライリーのことをよく思ってはいないようで、ライリーがいない場所ではこっそりと文句を言っていた。

自業自得であるため、同情こそしなかったが、友と呼べる人間が一人としていなさそうなライリーを、哀れに思った。

クラスの生徒たちの見方が変わったのは、ライリーだけではなかった。

これまで多くの生徒に囲まれていたミヒャエルもまた、周りから人がいなくなっていた。きっかけは、来年入学予定の新入生が学院の見学に来たことだった。

その中にはミヒャエルの弟がおり、ミヒャエルが庶子であり、母が平民であること、アルファであるため、本家に引き取られたという話をみなの前で暴露したからだ。

ミヒャエルは自身の家柄のことを自慢するようなタイプではなかったが、名のある貴族ということで一目置かれていたという点も大きかった。

そのため、実は母親は平民であるということ、さらに男性を相手に酒を勧める仕事だということがわかると、周囲の人間たちは潮が引くようにミヒャエルの周りからいなくなった。

「今回のグループ作業は、三人以上で行ってください。レポートの期限は、一カ月とします」

初老の女性教諭がそう言った途端、生徒たちがみな移動を始める。

「リーラ、三人以上ってことは四人でもいいんだろ？　俺たちのグループに入らない？」

さてどうしようかとリーラが一人でいれば、ちょうど斜め後ろにいた生徒が声をかけてくれた。

最近時間が合えば一緒に食事をしたりする生徒だ。貴族の出ではなく、裕福な商人の息子だが、社交的でクラスでも人気がある。

ありがたいとリーラは返事をしようかと思ったが、ちょうど後ろを向いた時、ミヒャエルの姿が目に入った。誰にも声をかけていない様子で、一人下を向いていた。

「ありがとう。だけどごめん、嬉しいけど、また今度誘ってよ」

「そう？　わかった」

リーラは立ち上がり、後ろに歩いていく。

「ミヒャエル」

声をかければ、びくりとその大きな身体が震えた。

「よかったら、僕と一緒に組まない？」

リーラがそう言えば、ミヒャエルがおずおずといった様子で、ゆっくりと顔を上げた。

「い、いいのか……？　俺で……」

「うん、勿論」

リーラが笑えばミヒャエルは思い切り顔を歪《ゆが》め、そしてもう一度下を向いた。その後、ようやく絞り出すように言った。

「ありがとう……。それから、ごめん……」

涙声のミヒャエルに、リーラはゆっくりと首を振った。

「いいよ。それより、課題は……」

「よくないわよ」

二人の会話に、突然もう一人の声が割って入ってきた。高くて可愛らしい、二人がよく知る声だ。

「聞いてなかったの？　グループは三人以上って言ったでしょ？　私も入れて」

「ティルダ……」

にっこりと、ティルダが微笑んだ。リーラは顔を上げたミヒャエルと視線を合わせ、笑って頷いた。


コツコツと、嘴《くちばし》が窓を叩く音が聞こえる。

机で本を読んでいたリーラは顔を上げ、窓の方へ向かった。思っていた通り、そこにはアルブレヒトの大鷲がいた。

「ラパス……！」

名前を呼べば、嬉しそうにリーラの手の上に留まってくる。よく見れば、足首には手紙が巻かれていた。

「……ちょっと待っててね」

動物を使役する魔法使いは多いため、売店では様々な餌《えさ》が売られている。

昼間買っておいた干し肉をあげれば、嬉しそうに身体をリーラの手に寄せてきた。

ラパスが干し肉を食べている間に手紙を読み、すぐに返答できそうなものだったらその場で手紙を書く。もし時間がかかりそうだったら、そのままラパスには帰ってもらい、明日また来てもらう。

学院内では頻繁に顔を合わせることができないからこそ、アルブレヒトとの手紙のやりとりはリーラにとって楽しく、嬉しいものだった。

今日の内容は、次の週末、王都の祭りに遊びに行かないかというものだった。

滅多に会うことはできないが、最近はこんなふうに、お忍びで二人で外に出かけていた。

勿論リーラはすぐに了承の手紙を書き、ラパスに渡した。

「よろしくね」

リーラがそう言えば、了承するかのようにきれいな鳴き声をラパスが上げた。

リーラとアルブレヒトの密かな文通は、アルブレヒトが学院を卒業した後も、ずっと続いていった。

5

――四年後。

リーラは緊張した面持ちで、最上階にある特別室に続く階段を上っていた。

しばらくぶり、それこそ数年ぶりに消灯後の寮の中を移動しているのだ。

暗号を解き、懐かしい部屋の前まで来ると、緊張した面持ちでノックを三回行った。

「久しぶりだな、リーラ」

二年前に比べ、さらに逞しくなったアルブレヒトに出迎えられたリーラは、返答に少しだけ遅れてしまった。

「お久しぶりです、殿下……。本日はお招きいただき、ありがとうございます」

「それはこっちの台詞《せりふ》だ。卒業試験前の大事な時期に、悪かったな」

爽《さわ》やかな笑顔でそう言われ、困ったようにリーラは笑った。

二年前、アルブレヒトが学院を卒業した際にリーラは、これがおそらく今生の別れであることを覚悟し、人知れず涙を流した。

学院を卒業したアルブレヒトは多くの王族の子供の慣例に倣い、士官学校へ進んだ。

士官学校は王都ではなく、王都からは一時間ほど離れた場所にあるリューベック王国の第二の都市にあり、さらにそちらも全寮制であるため、王都にはほとんど戻ってこられないという話だった。

さらに卒業した後は、王都に戻り、王子として公務をこなしながら、騎兵を率いることになると、そうリーラはアルブレヒトから聞いていた。

貴族の子弟であれば、王宮に出入りすることもあるが、勿論リーラにそんな機会はない。地方の農村出身の自分と、この国の王子であるアルブレヒト。本来は交わるはずのない、そんな二人がともに過ごせたのは、同じ学院の生徒だったからだ。

もう二度とアルブレヒトに会うことはないだろう。一晩泣き腫らした瞳でリーラは卒業するアルブレヒトを見送ったのだが、そんなリーラの予想は外れ、その後もアルブレヒトとの交流は続いた。

ラパスが、これまでと同じようにアルブレヒトの手紙をリーラへと届け続けてくれたからだ。

勿論、学院にいた頃のように毎日というわけにはいかないが、それでも定期的にアルブレヒトはリーラに手紙を書いてくれた。

責任感からなのだろうが、卒業してもなお、自分のことを気にかけてくれるアルブレヒトの存在は、リーラにとって心強く、また救いでもあった。

しかし、そんな日々もあと少しで終わってしまう。三カ月後、ついにリーラもこの学院を卒業するからだ。

「まあ、そうはいっても試験に関してはお前はなんの問題もないだろうな。エレノアに聞いたが、かなりの高得点で医師資格を得たらしいじゃないか」

「たまたま得意な場所が出てくれただけですよ。それに、その資格だって卒業試験に受からなければ取り消されてしまいます」

魔法学士としての資格を得るための卒業試験は難解で、二割程度の生徒は毎回合格することができない。

試験に受からなければさらに一年学院で学ばなければならない上、卒業試験を受けられるのは二度目までという制限もあった。

そのため、この時期はどんな生徒も卒業試験のために部屋に籠《こも》って勉強する。

そして、あと十日で卒業試験という頃、アルブレヒトから学院での仕事があるため、夜に少しだけ会えないかという連絡がきたのだ。

この学院の卒業生は、事前に申請すれば寮に宿泊することができる。王都の宿泊施設は値段も張るため、地方出身者の中には利用する者も時折いるそうだ。

王宮から魔法学院は目と鼻の先であるため、アルブレヒトには勿論寮に泊まる必要はない。しかし今回の仕事は終了時間が遅いため、そのまま寮に宿泊をすることにしたのだそうだ。

リーラはすぐさま手紙を書き、自分もぜひアルブレヒトに会いたいと、そんな言葉を伝えた。もう、このまま二度と会うことはないと思っていた。だからこそ、最後にどうしても会いたいという気持ちが大きかった。

「それにしても懐かしいな……二年ぶりか？」

「はい。ずっと手紙のやりとりをしていたのであまり実感はありませんが……殿下はまた身長が伸びましたか？」

「ああ。さすがにこれ以上伸びることはないだろうが。お前は……あまり変わってないな？」

「残念ながら。もう成長期は終わってしまったみたいです」

結局、リーラの身長はオメガの平均値よりは高かったが、男性の平均身長には届かなかった。

「まあ身長はともかく……、きれいになったな、リーラ」

「へ？」

思ってもみなかったアルブレヒトの言葉に、淹れてもらった葉茶のカップを落としそうになる。

「か、揶揄わないでください」

普段であれば、容姿の美しさを褒められたからといってここまで動揺することはない。けれど、言われたのがアルブレヒトであると、そわそわと落ち着かない気持ちになる。

「揶揄ってるわけじゃない、思ったままを言っただけだ」

笑顔でそう言うと、アルブレヒトも同様に葉茶の入ったカップに口をつけた。

相変わらず、アルブレヒトが葉茶を飲む姿はとても優雅だ。

もう、こんなふうに二人で葉茶を飲むことは二度とないだろう。それがわかっているからこそ、リーラはこっそりとアルブレヒトを見つめ、その姿を目に焼きつけようとした。

カップをソーサーへと置くと、穏やかに微笑んでいたアルブレヒトが表情から笑みを消し、リーラを真剣な表情で見つめた。

「卒業後は、バブルス村に帰るのか？」

「はい……。義父にも、そう伝えてあります」

「資格が得られても、一年は研修期間が必要だろう？　王都の医院で研修をするわけにはいかなかったのか？」

「そういうお話もあったのですが……、研修期間中は給与も少ないので、王都で生活をするのは難しそうで」

王都の地価は高く、下宿を借りるにしても研修医の給与では少しばかり厳しかった。

しかも、リーラはオメガだ。ある程度治安の良い場所でないと住むのにも不安があった。

「それくらいの金なら、俺が……いや、悪い。忘れてくれ」

言いかけた言葉を、アルブレヒトが慌てて止めた。金を出すと、そうアルブレヒトは言おうとしてくれたのだろうが、それがリーラの尊厳を傷つけることになるとわかったのだろう。

リーラとしても、アルブレヒトの気持ちは嬉しかったが、そこまでしてもらう謂《い》われはないし、何よりそれを受け入れてしまえば自分たちのこれまでの関係が崩れてしまうような気がした。

「ありがとうございます、殿下」

これだけやりとりが続いているのだ。物珍しさもあるのだとは思うが、アルブレヒトがそれなりに自分のことを気に入ってくれているのだという自覚はあった。

それでも、リーラが持つアルブレヒトへの気持ちと、アルブレヒトが持っているリーラへの気持ちは違うものだ。

馬鹿だなあ……身分違いの恋っていったって、あまりにも違いすぎる。

今王都では、町娘や身分の低い少女が王子様に見初められる物語がとても人気があるのだという。けれど、それはあくまで物語の中での話だ。

同じ学院に在籍しているからといって、誰もが王子であるアルブレヒトと親しくなれるわけではない。それこそ、自分がこんなふうにアルブレヒトと懇意になれたのは、奇跡に近いだろう。

これ以上を望むなんて、あまりにも分不相応だ。

「薬茶……、なくなってしまいましたね。ポットを持ってきます」

先ほどはアルブレヒトが淹れてくれたのだ。今度は自分が淹れようと立ち上がった瞬間、リーラは自身の身体からがくりと力が抜けるのを感じた。

「リーラ!?」

そのまま倒れそうになったリーラを、伸びてきたアルブレヒトの腕が受け止めてくれる。

「ご、ごめんなさい、アルブレヒト殿下……」

言いながらも、リーラは自身の体温が上昇していくのを感じていた。さらに、鼻孔を刺激するこのにおいだ。

元々、アルブレヒトからは良いにおいがしていたが、今日はさらにそのにおいが強かったように思う。

てっきり久しぶりであったため、そう感じただけだと思っていたのだが。

これ……、もしかして……。

上がっていく体温、朦朧《もうろう》とする意識、強いかおり。この症状は。

「もしかしてリーラ、お前ヒートを……？」

アルブレヒトがそう言った瞬間、びくりとリーラの身体が震える。まさかとは思っているが、リーラの今の症状は、まさにヒートと同じ状態になっていた。

「そんな……抑制剤はちゃんと……」

飲んでいたはずだ。確かに、ここ数日は微熱があるような気はしていたが、連日の試験勉強の疲れが出ているのだと思っていた。

「本当にそれは抑制剤だったか？　誰かに交換されたという可能性は？」

まさか。そう思いながらもリーラは自身の服のポケットから錠剤を取り出す。

アルファであるアルブレヒトと会うこともあり、つい先ほど口に入れたものだ。

「これは……ただの栄養剤だ」

錠剤のにおいを嗅ぎ、さらに自身の力でそれを浮かしたアルブレヒトが、思い切り顔を顰《しか》めた。

「どうして……」

「おそらく、どこかで取り換えられたんだろう」

朦朧とする意識で、リーラは考える。抑制剤の入ったバッグは、最近は自習室にも持っていっていた。

身体があまり強くないという理由で、リーラが定期的に薬を飲んでいるという話は少し親しい者ならみな知っているはずだ。

一体誰が……。

「この栄養剤は、エプスタイン家の系列の会社が作っているものだな」

アルブレヒトの言葉で思い出したのは四年前、実技の魔法戦でリーラに恨みを持っているであろうライリーだった。

そういえば、ここ最近はライリーも自習室に出入りしていた。既に四年が経っているのだ、相手もさすがにリーラのことを恨んではいないと思っていたが、どうやらそれほどまでに恨みは深かったようだ。

息も絶え絶えにリーラが説明をすれば、アルブレヒトの眉間に皺が寄っていく。

リーラがオメガであることは、アルブレヒト以外の誰にも知られていないはずだ。ライリーの行為も、ほんの悪戯《いたずら》程度の気持ちだったのだろう。

リーラが飲んでいたのは、他の生徒に見られても大丈夫なよう、エレノアが特別に手配してくれた抑制剤だ。そのため、見た目には抑制剤だとはわからない。

それこそ卒業試験前にリーラが体調を崩せば面白いと、そんな軽い考えだったはずだ。

「……やはりあいつは退学にしておけばよかった」

怒りを帯びたアルブレヒトの声が聞こえる。けれど、おそらくアルブレヒトもリーラのにおいに刺激されてしまっているのだろう。

顔は赤く、懸命に何かに耐えるような表情がぼんやりとした視界に入ってくる。

「も、申し訳ありません、殿下……エレノア先生に頼んで、抑制剤を……」

エレノアは学院から近い屋敷に住んでいると聞いたことがある。こんな時間に非常識であるとはわかっているが、リーラはなんとかしてこの状況を、ヒートを抑えたかった。

「無理だ……抑制剤はヒートが起こる前に飲んでおかなければ効き目がない。勿論、症状は改善されるだろうが……少なくとも三日は続くはずだ」

三日後、それはリーラの卒業試験の日でもあった。

このままでは、試験が受けられない。

「で、殿下……」

身体が、どんどん熱くなっていく。心臓の音が、とても速く感じる。これまでずっと薬で抑えてきたこともあるのだろう。

ヒートが、こんなにもつらいものだとは知らなかった。

請うようにアルブレヒトを見つめれば、アルブレヒトもまた、苦し気な表情でリーラを見つめ返した。

「こんなことを頼むのは、申し訳ないとはわかっています。でも……どうかお願いです、殿下」

私を、抱いてください。

蚊の鳴くような、小さな声だった。けれど、その言葉はアルブレヒトの耳にも確実に届いたのだろう。リーラが言った瞬間、アルブレヒトはその切れ長の瞳を大きく瞠った。

「だが……」

「他に、方法がないんです……どうか、よろしくお願いいたします……」

ヒートを抑えるためには、アルファの精を体内へと入れるしかない。

オメガの発情を止める手段は、それが一番手っ取り早い方法であることはアルブレヒトも知っているはずだ。

「ひっ……あっ…………」

もう、耐えられそうにない。声が抑えられず、アルブレヒトに支えられながら立っているのがやっとだった。

アルブレヒトが一度だけ瞳を閉じ、目の前にあるリーラの身体を抱きしめた。そして、耳元で優しく何かを呟いた。

アルブレヒトが何を言ったのかはわからない。けれどその言葉を聞いた瞬間、リーラの身体はぞくりと震えた。

リーラを軽々と抱き上げたアルブレヒトは、奥にある個室のベッドへと優しく横たわらせた。

部屋の中は、白に近い青い光が灯されている。おそらくアルブレヒトが魔法を使ったのだろう。

ヒートというのは、五感のすべてが敏感になるようだ。部屋全体に、アルブレヒトの魔法を感じた。

アルブレヒトに包まれたその空間は、ひどく心地よくもあった。

これは性行為ではなく、医療行為のようなものだ。そう自身に言い聞かせはするものの、やはり羞恥心《しゅうち》は捨てきれない。

「ん……」

ゆっくりと口づけられ、鼻にかかったような声が出る。

口腔内《こうこう》も敏感になっているのだろう。アルブレヒトの舌が入ってきただけで、びくりと身体が反応する。

キスをしたのは、初めてだった。そして、それはリーラが想像していた以上に気持ちがよいものだった。

懸命にアルブレヒトの舌に自身の舌を絡めれば、どちらのものかもわからない唾液《だえき》が口元を伝わっていった。

口づけながら、アルブレヒトが上衣の裾《すそ》からその大きな手を滑り込ませる。

高まっている体温にひんやりとした空気が気持ちよく、アルブレヒトの手が腰や横腹に優しく触れていく。そしてアルブレヒトに触れられるたび、気持ちよさと同時にむず痒《がゆ》いような、そんな不思議な感覚を覚える。

前開きの部屋着は瞬く間に脱がされ、口づけは唇からうなじ、鎖骨へとゆっくりとおりていった。けれど、その時アルブレヒトがリーラの首につけられたネックレスを見て動きを止めた。

「これは……？」

「母の、形見のネックレスなんです……」

水色の宝石が埋められたそれは、今となっては母とリーラを繋《つな》ぐ唯一のものだった。義父がお守りにするようにと幼い頃から持たせてくれたため、湯浴みの時以外は常に肌身離さず身に着けていた。

「外した、方が……いいですか？」

「いや……そのままでいい。ただ、どこかで見たような気がしたんだ」

呟いたアルブレヒトはほんの一瞬動きは止めたが、すぐに思い直したのか、再びリーラの肌への愛撫《あいぶ》を始める。

リーラほどではないとはいえ、アルブレヒトも熱さを感じているのだろう。触れあった肌の体温は十分に高く、気がつけば上半身が露《あら》わになっていた。

鍛え上げられたその身体は、肉づきがよいとはいえないリーラのものとは全く違っていた。互いに服を脱いだことで、ますますにおいが強くなるのを感じた。

「ふっ……あっ……」

丁寧に身体を愛撫していたアルブレヒトの舌が、リーラの胸の尖《とが》りを執拗に舐《な》める。繰り返されるうちにそれは自身でわかるほどに勃《た》ち上がり、形を作っていた。

「前から思っていたが……お前の肌はきれいだな……」

胸元から口を離したアルブレヒトが、小さく呟いた。

けれどそれは一瞬のことで、すぐに胸の尖りを甘噛《あまが》みされる。

「ん………………！」

びくびくと全身に震えがはしり、無意識に腰が動く。

「ふっ……あっ……」

片方は口で、もう片方は指で摘まみ上げられ、甘い痛みに声が抑えられなくなる。とにかく、アルブレヒトにどこを触られても気持ちがよかった。

意識は霞《かすみ》がかってはいるが、アルブレヒトの姿は視界にしっかりと映っていた。

リーラがこれだけアルブレヒトのにおいを感じているのだ、おそらく感覚が優れているアルブレヒトはそれ以上にリーラのにおいを感じているはずだ。

集団の雄となるために生まれたアルファの本能は、本来力強い。ヒートのオメガのにおいは、さらにそれを刺激する。

それこそ、今すぐにでもリーラの胎内にその精を放ちたいと思うほどに。

けれどアルブレヒトの行為は決して早急なものではなかった。まるで恋人に対して接するように、その手つきは丁寧だった。

それはリーラへの愛情からくるものではなく、優しさからくるものであることは知っている。自惚《うぬぼ》れてはならない。この行為はアルブレヒトにとっては不本意なものであるはずだ。

しかしそれでも、アルブレヒトの熱い瞳を見ると、勘違いしてしまいそうになる。まるで、アルブレヒトもリーラを求めてくれているのではないかと。

「……ちゃんと、反応してるな……」

アルブレヒトの愛撫は下腹部へとうつり、その力強い手がリーラの両足を大きく広げた。

身に着けていた衣服は気がつけば全部はぎとられていたため、中心とその奥まった部分が露わになり、慌てて足を閉じようとする。

けれど、アルブレヒトの力の前ではそんなものは儚い抵抗であり、びくともしなかった。身体の他の部分は動いているから、アルブレヒトが魔法で動きを止めているわけではないのだろう。

そうこうしている間にも、リーラの中心が生温かいものに包まれていく。自身の性器をアルブレヒトが咥《くわ》えているのだとわかり、さすがのリーラも慌てて身体を動かした。

「お、やめください……アルブレヒト殿下……」

そんなことはさせてはならないし、して欲しくない。短い息を吐きながらそう言ったものの、アルブレヒトが口の動きを止めることはなかった。

「ひっ……やっ……………ああっ…………」

柔らかく、温かいアルブレヒトの口に包まれたリーラのそこは悦《よろこ》び、明らかに固くなっている。

わかっている。リーラ自身も精を吐きださなければヒートを抑えることはできない。そのために、アルブレヒトが直接的に刺激をしてくれていることも。

けれど、理性の面でそれがわかっていても、どうしても感情が追いつかなかった。

「ひゃっ……あっ……ダ……メッ……アルブレヒト、殿下……」

あと少しで達しそうになる、そのギリギリのところで、アルブレヒトが口を離した。

リーラの白濁が、アルブレヒトの手を濡《ぬ》らし、その光景を見たリーラは恥ずかしさと申し訳なさでいたたまれなくなる。

「やはり……これだけでは足りないな」

「え？」

そう言うやいなや、アルブレヒトは未だ肩で息をしているリーラの太腿《ふともも》を軽々と抱え、そしてその奥へと舌を伸ばした。

「あっ……やっ……め………」

秘孔を舐められ、ゆっくりとその隘路《あいろ》を拡《ひろ》げられていく。

オメガはその身体の構造上、ヒートを迎えた際には自然と柔らかくなるようにはできている。けれど、さすがに女性のように濡れるわけではない。

それがわかっているからこそ、念入りにアルブレヒトは解《ほぐ》してくれているのだろう。

「ふっ……あっ……ひぁ……！」

粘着質な水音が聞こえ、舌先が狭い部分へと挿《い》れられる。

一度精を放った自分自身が、再び反応し始めていることがわかる。

ある程度柔らかくなると、アルブレヒトはゆっくりと自身の指を奥へと挿れていく。

「あっ……ひっ……あっ……」

アルブレヒトの指が、胎内をかきまわしていく。最初は一本だったそれが増やされるたびに、快感は増していった。

気持ちがよい、もっと奥まで挿れて欲しい。

ヒート中の自分が、性に対してここまで貪欲《どんよく》になるだなんて知らなかった。

「……ねがいします……殿下……もうっ……！」

我慢ができない、もっと奥の深い部分まで挿れて欲しい。

恥ずかしさを感じながらも、アルブレヒトに訴える。

「っ……」

アルブレヒトの表情は明らかに動揺し、そしてカチャリとベルトが外される音が聞こえた。

「悪い、リーラ、俺も、限界だ……」

鍛え上げられた両腕が、リーラの足を抱え上げ、既に勃ち上がっていた屹立《きつりつ》を、その胎内へと埋めていく。

「…………！」

十分に解されていたとはいえ、張りつめられた大きなそれは、指とは比べられないほどの質量があった。

「痛いか？」

心配げに、アルブレヒトから尋ねられた。アルブレヒトもつらいはずなのに、この状況でもなおも自分を気遣ってくれるその優しさが嬉しかった。

「大丈夫です……」

やんわりと、微笑む。実際、異物感はあったものの、痛みはほとんど感じなかった。

アルブレヒトが慎重に腰を動かし、ようやくすべてが収まる。隙間《すきま》なくアルブレヒトのものが埋められた時に感じたのは、嬉しさだった。

「きつくないか？」

「平気です……動いて、ください……」

顔を真っ赤にしながら、リーラはアルブレヒトに言う。自分から言わなければ、優しいこの人は、いつまで経っても動けないと思ったからだ。

そして、リーラがそう言えば、すぐさまアルブレヒトが腰を揺らし始める。

浅く深く、緩慢なその動きは、少しずつ速くなっていく。

「ふっ……あっ……はあっ…………ひっ…………！」

最奥の、気持ちのよい部分を何度も突かれ、リーラは必死でアルブレヒトの腕を掴んだ。

肌が重なり合うたび、心地よいにおいを感じる。アルファとは、こんなにも良いにおいがするのだろうか。

いや、そうではない。リーラにだってわかる。こんなにも自分が気持ちよいのは、相手がアルブレヒトだからだろう。

「あっ……あっ…………！」

あられもない自分の声が、部屋に響き渡っている。けれど、そんなことを気に留める余裕もなかった。

気持ちよくて、嬉しくて、胸がいっぱいだった。

どれくらい、その時間が続いたのだろう。

アルブレヒトがリーラの身体を力強く抱きしめた。身体の奥深くに、アルブレヒトの熱い猛《たけ》りが注がれていくのを感じる。

先ほどよりも、だいぶつらさがなくなったような気がする。同時に、自身の先端から蜜《みつ》が零れていることに気づく。

「リーラ」

優しく、アルブレヒトに名を呼ばれ、視線を向ける。

「悪い……、もう一度、いいか……」

どうやら、一度では高ぶりが収まりきらなかったのだろう。

リーラが驚きながらもゆっくりと頷けば、リーラの中にあるアルブレヒトのものが再び大きくなるのを感じた。

その夜、二人は空が白くなるまで、互いを求め続けた。

6

リューベック王国は一年を通して温暖な気候であるが、魔法学院の卒業式典は新緑の眩《まぶ》しい季節に毎年行われる。

この時期の学院は、学院全体がそわそわとしており、どこか落ち着かない。

王立である魔法学院の卒業式典には国王自ら来賓として参加するのが習わしで、卒業生にとっては晴れの舞台だ。

卒業式典は学期の終わりを意味するため、これが終わると学院全体が長期休暇に入る。

生徒の中には卒業試験に合格できず、式典への参加が認められない生徒がいるため、学院側もそのあたりは配慮を行い、そういった生徒は早めの休暇をとれるようになっている。

ライリーが卒業試験に合格できず、実家に帰るために寮に出たことをリーラが知ったのは、卒業式典の一週間ほど前のことだった。

勿論《もちろん》、リーラは試験に合格し、式典への参加も認められている。

全《すべ》ては、あの時ヒートを抑えるため、リーラと身体《からだ》を重ねてくれたアルブレヒトのおかげだった。

あの夜は一晩中抱き合い、最後の方はほとんどリーラも覚えておらず、気がつけば意識を飛ばしていた。

そして朝になり、冷静さを取り戻したリーラは、罪悪感で押しつぶされそうだった。

卒業試験を受けたい、そんな自身のエゴのため、アルブレヒトを利用してしまったのだ。

アルブレヒトはリーラがオメガだと知ってもなお、偏見を持つことなく、一人の人間として尊重してくれていたというのに。

けれど、身体を重ねてもなお、アルブレヒトのリーラへの態度が変わることはなかった。

泣きそうな表情でアルブレヒトを見つめるリーラに対し、お前は悪くないのだから、気にするなと優しく抱きしめてくれた。

そんなアルブレヒトの言葉を嬉《うれ》しく思う一方で、同時にリーラは落胆もしていた。

行為を行っても、アルブレヒトにとってのリーラの存在は、気にかけている後輩から変わることはなかったからだ。

士官学校を卒業したアルブレヒトは王都に戻ってくるが、その頃にはリーラは学院を卒業し、故郷へと帰らなければならない。王都に戻ってきたアルブレヒトは、近いうちに身分に釣り合った美しい令嬢や姫君と結婚するはずだ。

王族の結婚は国を挙げて祝われ、華やかなパレードが行われる。

馬車に乗り、煌《きら》びやかな軍服姿で手を振るアルブレヒトの姿は、神々しいほど立派だろう。けれど、その隣にいるのは当然であるが自分ではない。

元々、住む世界が違う人間だったのだ。諦《あきら》めるには、良いきっかけでもあった。少しの間だけでもともに過ごせたことが幸せだったと、この思い出を大切にしようと、そうリーラは思っていた。

「……それだけしか食べないの？」

学院の食堂。目の前にいるティルダが、リーラの手元にある果物を見て怪訝《けげん》そうに呟《つぶや》いた。

「なんだか最近、食欲がなくて」

食欲がない、というよりもここ最近のリーラは食べ物のにおいを不快に感じていた。今リーラの目の前でティルダが食べているチキンのにおいすら、気になってしまうくらいに。

「風邪《かぜ》かな？　療養室に行く？」

「多分、試験の疲れが出たんだと思う。熱はないし、咳《せき》だって出てないから大丈夫だよ」

「それならいいけど……来週には卒業式典だってあるんだし、くれぐれも気をつけてね」

改めてそう言われると、いよいよ卒業が近いのだと実感する。

実家が王都にある生徒は既に荷物をまとめ、寮を退出しているため、食堂も以前よりもがらんとしている。

ミヒャエルもその一人で、ここ最近は姿を見ていない。

「そういえば、ティルダは実家には帰らないの？」

ティルダの父親である伯爵家の屋敷も、王都の中心部にあったはずだ。

王都以外にも、伯爵家が治めている地域にはさらに大きな屋敷があるのだとミヒャエルが言っていた。

「帰っても、どうせ結婚の話ばかりされるもの。お姉様が立派に嫁いで子供だっているんだから、私のことは放っておいて欲しいのに」

二つ年上のティルダの姉はオメガで、学院を卒業したらすぐに縁談がまとまり、最近子供を産んだばかりだそうだ。

中にはエレノアのような女性もいるが、学院を卒業したら結婚するという女性は少なくはない。

女性の仕事は以前よりも増えたが、それよりも家庭に入る方が幸せなはずだと信じる保守的な人間は未《いま》だ多いからだ。

「お前はベータなんだから、若いうちに結婚しておきなさいって。そればっかりなのよ」

ティルダが自嘲《じちょう》気味に言った。貴族の結婚相手として人気があるのはオメガの女性であり、次いで人気があるのはオメガの男性なのだそうだ。

オメガは優秀なアルファの子を産むと信じられているからだろう。

「ティルダは頭も良ければ性格だっていいんだから、そんな心配しなくてもいいと思うけど」

慰めではなく、心からの気持ちだった。リーラがそう言うと、ティルダが微笑《ほほえ》んだ。

「そこで美人なんだから……って言わないのがリーラらしいね」

「え？　いや、勿論美人だと思ってるよ……？」

焦ったように言えば、ティルダはますます楽しそうに笑った。

「そうじゃなくて、外見じゃなくて中身を見てくれているってこと。まあ、リーラに美人だって言われても複雑だけど……」

「え？」

「だってリーラ、私よりもきれいなんだもん。ここ最近は特に。時々、私でもハッとするくらい」

「そんなことは……」

ないと、そう言いたかったが思い当たる節がないわけではなかった。

オメガはアルファに抱かれることで、その魅力をより開花させるという説を最近読んだこともあるのだろう。統計的なデータがあるわけではないため眉唾《まゆつば》ものではあったが、いぎそういった話を振られれば信憑性《しんぴょうせい》がないわけではないのかもしれない。

「そういえば、お姉様は番《つがい》ができてからはますますきれいになったのよね。そう思ったら、結局は妊娠していたんだけど。今のリーラみたいに、ご飯がほとんど食べられなくなって気づいたみたいよ」

え……。

ティルダの言葉に、果物を摘《つ》まんでいたリーラの手が止まる。

妊娠の可能性を、考えなかったわけではない。あの時、アルファの精が、アルブレヒトの精が必要だったリーラは避妊を行わなかった。

それでも、オメガの男性の妊娠率はそれほど高くない。ヒートの最中は受精率が高まるとはいっても一般的な女性のそれとそう変わらないはずだ。

まさか。そう思いながらもアルブレヒトと身体を重ねた夜からの日付を数えてみる。

数えながら、どくどくと心臓の音が速くなる。同時に、自分はいつから食事をとれなくなったのかも。

どうしよう、調べなければ。医院に行くことはできない。だったら……。

混乱から、無意識に立ち上がる。ふらりと、立ち眩《くら》みがした。

「リーラ⁉」

慌てて片手を机につき、もう片方の手は、咄嗟《とっさ》に腹へ伸ばしていた。

「大丈夫⁉」

音を立ててティルダが立ち上がり、大きな声を出すのが聞こえた。

そこで、リーラの意識は途絶えた。

＊＊＊

真っ白い清潔感のある、とても良いにおいのする部屋。以前にも、こんなふうにこの部屋で目覚めたことがあった。

けれど、その時とは違うのは、目を開いたリーラを見守るエレノアの顔が、ひどく深刻なものだったからだ。

「気がついた？」

「はい……。あれ……？　僕……」

「食堂で意識を失ったの。貧血ね。あ、起き上がるならゆっくりね」

エレノアに言われた通り、リーラはゆっくりと上半身を起き上がらせた。

すると、待ち構えていたようにエレノアがリーラにカップを渡してくれる。優しい湯気が立ち上り、手からカップの温度が伝わった。

「ありがとうございます」

けれどカップに口をつけようとした時、ほんの一瞬躊躇《ためら》ってしまった。

「大丈夫よ。妊娠中でも飲める成分しか入っていないから」

エレノアの言葉に、弾《はじ》かれたようにベッドの隣に立つ女性教諭の顔を見つめる。

「ごめんなさい。あなたはオメガだし、もしもの場合を考えて、唾液《だえき》から調べさせてもらったの」

特別な魔法がかけられた検査紙を使えば、唾液の成分から妊娠をしているかどうかが調べられた。

同時に、やはりリーラの身体には新しい命が宿っていることを実感する。

「聞かれたくないことかもしれないけど、立場上見過ごすことはできないから聞くわね。無理やり……あなたの尊厳を奪うようなことがあったわけではないわよね？」

「ち、違います……」

エレノアの心配はもっともだった。ヒートの最中のオメガはアルファに狙《ねら》われやすい。オメガの方が訴えれば法律で罰せられるとはいえ、ヒートの最中に安易にアルファに近づく方が悪いと、冷ややかな目で見る人間も未だ多い。

「今回のことは……僕自身が、望んだことです」

リーラがそう言えば、目に見えてエレノアの表情が穏やかなものになった。

「そう……、それならよかった。それから、もう一つ聞いていいかしら」

「はい」

「相手は、もしかしてアルブレヒト？」

エレノアの口から出た名前に、リーラは固まってしまい、否定の言葉が出てこなかった。けれど、その反応を見れば肯定しているようなものだった。

「やっぱりね……。少し前に、アルブレヒトがこっちに来ていたでしょ？　軍科の生徒への訓示のためだったんだけど、昼間の時間帯でもよかったのに、わざわざ遅い時間にずらしたのよ。よほどあなたに会いたかったのね」

初めて聞く話だった。そして、エレノアの言葉を嬉しいと思う一方で、そんなふうに自分と話す時間を作ってくれたアルブレヒトに、あんなことを頼んでしまった自身の行動を悔いた。

「あの……エレノア先生。妊娠したことは、アルブレヒト殿下には黙っていていただけませんか？」

「え？」

「今回の妊娠は、本当に事故みたいなものなんです。アルブレヒト殿下には、なんの責任もありません」

「リーラ、気持ちはわかるけど……」

「殿下はこのリューベックの国王になる人なんです。僕が殿下の子を身籠《みごも》ったことが公になれば、殿下の名前に傷がつきます」

リーラとしては、王位継承権争いに関してはアルブレヒトの味方もエーベルシュタインの味方もするつもりはなかった。

だからといって、王子が学生を妊娠させたとなれば、大きな醜聞になる可能性がある。アルブレヒトの性格上、リーラと子供を守ろうとはしてくれるはずだ。けれど、リーラはアルブレヒトの足を引っ張るようなことはしたくなかった。

何より、アルブレヒトに責任から自身の傍《そば》にいて欲しいとはリーラは思わなかった。

「実家に戻れば、しばらくの間は何もしなくても生活はできます。子供が少し大きくなれば、医師の仕事だってできます、だから……」

「だけどリーラ、アルブレヒトの気持ちも考えてあげて？　子供の父親だというのに、その存在が知らされな……」

ガシャンと、何かが落ちる音が聞こえた。音の大きさを考えても、おそらく硝子《ガラス》か何かだろう。

「誰《だれ》かいるの!?」

珍しく焦った様子のエレノアが、パーテーションを思い切り動かす。

「ミヒャエル……ティルダ……」

おそらく、リーラに水を持ってこようとしてくれたのだろう。

割れた水瓶《みずがめ》と零《こぼ》れた水。そして、立ち尽くすミヒャエルとティルダの姿が視界に映った。

回復魔法をかけてもらい、さらに栄養剤を渡されたリーラは、療養室を出ることを許可された。

一度は実家に戻ったミヒャエルは用事を済ませ、せっかくだからと最後の数日は寮で過ごしたいと思い直し、戻ってきたのだそうだ。

そして、たまたま水を汲《く》みに来ていたティルダにリーラが倒れたという話を聞き、二人で療養室に入ったのだという。

エレノアからは、もう一度相談に来て欲しいと言われたが、それに対してはやんわり微笑むだけに留《とど》めた。

気持ちは嬉しかったが、リーラとしてもこれ以上話しても平行線になるだけだと思ったからだ。

寮の自室へ向かいながら、二人の後ろを自然ととぼとぼと歩いてしまうのは、きまりの悪さからだろう。これまで黙っていた自身のバース性が、こんな形で二人に知られるとは思いもしなかった。

「リーラ」

あと少しでリーラの部屋に着くというところで、くるりとティルダが振り返った。

「やっぱり、このまま有耶無耶《うやむや》になんてできないわ。話を聞かせて。ミヒャエル、部屋を貸してくれるわよね？」

「あ、ああ……勿論」

ミヒャエルが頷《うなず》いた。リーラとしても、このまま二人に黙ったまま卒業を迎えるのは避けたかったため、ちょうどよかった。

罵《ののし》られ、軽蔑《けいべつ》されるかもしれない。それでも真実を話すことは、学院生活を一緒に過ごしてくれた二人への誠意だと思ったからだ。


学年が上がれば、生徒の部屋はみな個室になる。特にミヒャエルの部屋は実家の寄付金のためか、それとも成績が途中から上がったことが原因か、どちらかはわからないが、広くて良い部屋だった。

既に必要なものは全て実家に送ってしまったのだろう。ベッドに机と椅子《いす》という最低限のものしか部屋の中にはなかった。

ミヒャエルに促されるまま椅子に座れば、なぜかミヒャエルは顔を赤くし、寝台へと向かっていった。

「ミヒャエル？」

怪訝に思ったティルダが声をかければ、

「あ、いやその……身体冷やしちゃ悪いだろ？　毛布か何かないかと思って……」

ぼそぼそと、恥ずかしそうに言うミヒャエルに、思わずティルダと顔を見合わせ、そして同時に吹き出してしまった。

「何を言い出すかと思えば……」

「ありがとうミヒャエル。今日は暖かいし大丈夫だよ」

「そ、そうか？　って、そんなに笑うことないだろ、ティルダ！」

ミヒャエルのおかげで、張りつめたような空気が随分穏やかになった。だから、リーラも穏やかな気持ちで二人に事情を話すことができた。

オメガとして生まれたが、医師になりたいという夢を持ったこと。幸い魔法力は持っていたため、魔法学院の試験に通ったこと。些細《ささい》な出来事をきっかけに、アルブレヒトにそれを知られてしまったが、その後は様々な協力をしてくれたこと。

けれど卒業試験の前、ヒートが起こってしまい、アルブレヒトにそれを抑えてもらうよう頼んだこと。

さすがに自分自身の生まれまでは話すことができなかったが、それ以外のことは大まかではあるが伝えた。

二人は、驚きを隠せないという表情をしていたが、最後まで黙ってリーラの話を聞いてくれた。

「オメガだってことを今まで黙ってて、本当にごめん」

最後に、二人に対し深く頭を下げた。そのまま顔を上げなければ、小さなため息が聞こえた。けれど、それは決して不快感のあるものではなかった。

「謝らないでよ。いくら仲が良くても、簡単に話せることじゃないし……色々、大変だったでしょう。すごいわよ、リーラ」

「あ、ああ……っていうか、時々気分悪そうにしてたのは抑制剤のせいなんだよな？　むしろごめんな。気づいてあげられなくて」

まだ戸惑いは隠せていないようだったが、二人の言葉は優しいもので、リーラは胸がいっぱいになった。

「でも……やっぱり教えて欲しかったな。そうしたら、ライリーの悪戯《いたずら》からもリーラを守れたかもしれないでしょ」

そうすれば、こんなふうに妊娠をすることもなかっただろうと、そうティルダは言いたいのだろう。

「そうだね……。だけど、殿下には申し訳がないけど、僕は妊娠したことは後悔してないんだ。殿下は、僕にとって憧《あこが》れの存在だったから……」

嬉しいと口にするのはさすがに不敬だが、心の底ではそう思っていたことも確かだった。

そして、リーラの言葉から二人も全てを察してくれたのだろう。

「リ、リーラ！　エレノア先生も言ってたけど、やっぱりアルブレヒト殿下に全てを話そう！　その方が、いいって……」

「いや、本当にいいんだ。今年の卒業式典は殿下も士官学校を卒業したし、参加されるとは思うから、最後に挨拶《あいさつ》くらいはできると思うから。それで、十分なんだ」

ミヒャエルの気持ちは嬉しかったが、これ以上アルブレヒトの負担になりたくないというのは本音だった。

リーラとミヒャエルのやりとりを、ティルダは複雑な表情で見つめていた。

ティルダもアルブレヒトのことは尊敬しているはずだ。リーラのことを大切に思ってくれていても、そのせいでアルブレヒトの王位継承者としてのイメージを悪くしたくないという気持ちもあるのだろう。

その後、一度だけエレノアからの呼び出しを受けたが、アルブレヒトに話すというエレノアの話に、最後までリーラは頷くことはなかった。

＊＊＊

気持ち……悪い……。

制服にローブを羽織り、さらに帽子をかぶるという式典時の服装は、きっちりしているため、なかなか窮屈だった。

特に今日は、天気がとても良く、気温も高かった。

妊娠の初期症状は日を追うごとに出てきて、最近ではすれ違う生徒たちがつけている香水のにおいすらつらくなってきた。

リーラだって医師なのだ。あと一カ月ほどで収まることはわかっているとはいえ、それでも胃の独特のむかつきはつらい。

もし自分が妊娠中の患者を診《み》ることがあれば、絶対に優しくしようと心に誓った。

式まであと一時間ほどではあったが、すぐにでも自室に戻り、横たわりたい。それくらい、しんどかった。

「リーラ……本番まではまだ時間があるから、日の当たらないところで休んでよう」

見かねたミヒャエルが声をかけてくれなければ、本当にそのまま倒れていたかもしれない。

リーラは無言で頷き、ミヒャエルに促されるままに、後をついていく。

卒業式典は天候が良い場合、学院内の広場で特設舞台を作って行われる。

まだ式典が始まるまでは時間があるため、来賓は誰も来ていないようだった。ミヒャエルが連れてきてくれたのは、その舞台裏だった。

大きな陰ができているため、確かに日差しを避けるにはちょうどよい場所だった。

柔らかな風が頬《ほお》に触れ、気分的にもだいぶ楽になった。

さらに、ミヒャエルが空間魔法でリーラの周りだけ少し温度を下げてくれた。

「ありがとう、涼しい」

思えば、この五年間でミヒャエルの魔法もだいぶ上達した。

元々の潜在能力は高かったとはいえ、どうも力の調整がうまくできなかったそうだ。

昔のミヒャエルならば、凍えるほどにこの場を冷やしてしまうか、または広場全体の気温を下げてしまっていただろう。

「あ、椅子……持ってきた方がいいか？」

「少しの間だけだから、大丈夫」

そう言うと、ミヒャエルは困ったような顔をして、リーラにじっと視線を向けている。

何か言いたいことでもあるのだろうか。

「あのさ」

「うん」

「ずっと言おうと思ってたんだけど……リーラ、俺と結婚しないか？」

「……え？」

最初は、冗談かと思った。けれど、いつになくミヒャエルの表情は真剣で、軽い気持ちで言っているわけではないことがわかる。

なんと答えたらよいのだろう。正確に言うなら、なんと断ったら。

「ミヒャエルの気持ちは嬉しいけど……」

「いくら医師の資格を得たからっていっても、一人で子供を育てながら仕事までするのは大変だろ!?　心配だし……放っておけないんだよ」

リーラの言葉を遮るように、ミヒャエルが言った。

まっすぐな友人の言葉に、リーラは微笑み、けれどゆっくりと首を振った。

「ミヒャエルが僕のことを心配してくれるのは嬉しい。でも……やっぱりそういうわけにはいかないよ。ミヒャエルにはちゃんと好きな人を見つけて、その人と結婚して欲しい」

「そ、そりゃあ、俺じゃあ、アルブレヒト殿下の代わりにはなれないかもしれないけど」

「そうだな、お前に俺の代わりが務まるとは思えないな」

突然聞こえてきた第三者の声に、リーラも、そしてミヒャエルもびくりと身体を震わせ、声のした方へと視線を向けた。

「アルブレヒト殿下……」

礼服姿のアルブレヒトは、腕組みをし、厳しい表情でリーラを見つめていた。

学舎内にある来賓用の控室にはまだ人は来ていなかったが、アルブレヒトが選んだのはその隣の空室だった。

ミヒャエルは式典での役割があり、その確認のために一度学舎へと戻っていった。

豪奢《ごうしゃ》な一人用ソファに座り、リーラは目の前に座るアルブレヒトを恐る恐る見つめた。

無言でアルブレヒトに手を引かれ、この場所に連れてこられたものの、元々気分がよくなかった上に緊張で嘔吐《おうと》感すらこみ上げてきた。

「……リーラ」

名前を呼ばれ、振り返る。

すると、アルブレヒトが自身の手をリーラの額に伸ばした。アルブレヒトの手から出てくるひんやりとした青い光が心地よく、胸に感じていたむかつきも緩和された。

「神経に作用する魔法だから、あまりきついものはかけられない。だが、夜のパーティーまではもつはずだ」

「あ、ありがとうございます……」

式典の後、夜には学院内にある講堂の大広間で卒業を祝うためのパーティーが開かれる。

国王主催のものとはいえ、自由参加であるし、体調がすぐれないリーラは参加しない予定でいた。

けれど、今の状態であれば少しの間だったら顔を出してもよいかもしれない。

「あの……殿下はどうして……」

「叔母上《おばうえ》が知らせてくれた。……なぜ、懐妊したことを黙っていた」

やはり、エレノアだったか。優しい彼女としては、何も知らせないわけにはいかなかったのだろう。

全て知られてしまったのなら仕方がない。リーラは背筋を伸ばし、目の前に座るアルブレヒトに視線を向けた。

「殿下にご迷惑はかけません。ですが……産ませてください」

あくまで子供は自分が育てるから、どうか自分のことは気にせずにいて欲しい。

そう、決意を込めて伝えた。

「答えになっていないぞ、リーラ。どうして懐妊したことを黙っていたのか、俺は聞いている。……俺が、堕胎しろとでも言うと思ったか？」

アルブレヒトの言葉は冷静ではあったが、声色からは静かな怒りを感じた。

「まさか、そんな……」

すぐに、否定する。アルブレヒトがそんなことを言うはずがない。そんなことは考えたこともなかった。

「だったら、なぜ」

「僕が殿下の子を産んだことがわかれば、殿下の清廉潔白なイメージが損なわれます。そうすれば、王位継承権に大きく……」

「くだらんな」

リーラの言葉は、最後まで続けられなかった。

「そもそも俺は、そんな清廉潔白な人間じゃない。王位に関しても、父上や貴族どもが決めることだ。もし俺が相応《ふさわ》しくないというのなら、それでいいと思ってる。それよりも、俺が聞きたいのはお前の気持ちだ、リーラ」

「……え？」

「お前は俺を、その子の父親にはしてくれないのか？」

リーラの瞳《ひとみ》が、大きく見開いた。

「俺は、お前の伴侶《はんりょ》として、その子供の父親として相応しくないか？」

アルブレヒトの言葉に、リーラは首を振る。

「滅相も、ありません……」

「だったら、俺をお前の伴侶にしてくれ」

先ほどまでとは違う、穏やかな笑みを浮かべて、アルブレヒトが言った。

王位よりも何より、リーラとその子供を優先すると、アルブレヒトは言ってくれているのだ。

嬉しさとともに、涙がこみ上げてくる。気丈に振る舞っているつもりだったが、自分はずっと不安を感じていたのだ。

「……はい。よろしく、お願いいたします」

絞り出すように発した声は、震えていた。

アルブレヒトは立ち上がり、リーラの傍までくると、その身体を優しく抱きしめてくれた。

心地よいかおりと、力強い腕に包まれながら、リーラはこれ以上ないほどの幸せを感じていた。

7

アルブレヒトに全てを知られてしまったこと、そして、子を産んで欲しいといわれたこと。

式典が終わった後、夜のパーティーまでには時間があったため、リーラはミヒャエルとティルダにだけは事情を全て話した。色々心配をさせた二人には、話しておかなければならないと思ったからだ。

二人とも喜んではくれたが、ミヒャエルは少しだけ複雑そうな表情をしていた。

「いや……まあ、そうなるだろうとは思ってたよ」

そういえば、ミヒャエルは専門学科がアルブレヒトと一緒であるため、面識はあるはずだ。

「気のせいかとも思ってたけど、殿下の俺への当たりって結構きつくてさ……いや、その割に面倒見はよかったんだけど。あれ、結局妬《や》いてたんだろうなあ……」

これまで聞いたこともなかった話に、リーラは驚く。

「へ!? いや、そんなこと……」

「そんなことあるわけないじゃない！」

リーラよりもその言葉を強く否定したのは、ティルダだった。

「って、ビックリした～……お前、なんだよいきなり」

珍しく大きな声を出したことに、ミヒャエルも驚いたようだ。

「ご、ごめんなさい……。でも、アルブレヒトお兄様はそんな理由で人への扱いを変えるわけないと思って」

「うん。僕もそう思うよ」

リーラが賛同すれば、ティルダが苦笑いを浮かべた。幸せに包まれていたリーラは、気づかなかった。ティルダの表情が、今まで見たことがないほど強張《こわば》っていたことを。

＊＊＊

当初はパーティーには少しだけ顔を出して寮に戻る予定だったリーラだが、母である第二王妃に紹介したいというアルブレヒトの言葉により、結局参加することになってしまった。

ただ、エレノアをはじめ、世話になった教師や友人たちと話す場を作れたことは幸いではあった。

さらに、卒業した後は地方に帰るというリーラの予定は、アルブレヒトとの婚姻が決まったことにより変更することになった。

以前リーラが相談していた中央から地方への医師の派遣が来年から始まるため、リーラが村に帰らずとも問題はないという話だった。

身重のリーラに長い距離を移動させたくないというのがアルブレヒトの考えのようで、リーラの義父への挨拶ももう少し身体が落ち着いてから行いたいということだった。

そんなふうに、一見何もかもがうまくいっているような状況ではあったが、不安もあった。

それが、先ほどアルブレヒトに伴われて挨拶をした際の第二王妃の反応だった。

子供ができていることが知られれば、リーラに危険が及ぶ可能性もある。アルブレヒトの血を引いている子は、王位継承権を持って生まれてくるからだ。

そのため第二王妃にも、リーラがオメガであることや、妊娠していることを伏せておいたのだが、それもあってか彼女の反応は好感触とは言えないものだった。

平民の自分と結婚すれば、アルブレヒトが王位から遠ざかるのは明らかだ。

アルブレヒトの手前、表立っては反対しなかったとはいえ、おそらく賛成していないであろうことはわかった。

そんなアルブレヒトは、父王に呼ばれ、会場にいる他の来賓者に対し挨拶を行っている。

少しの間待っていてくれと言われたものの、一人でいることもあり、リーラの胸には不安が過《よぎ》る。

やはり、自分はアルブレヒトに相応しくないのではないだろうかと。

「リーラ」

ふと自分の名を呼ばれ、慌てて振り返る。

そこにはクラスは違うものの、医科で一緒だった女性がいた。

「ああ、どうしたの？　ステラ」

そう、確かステラという名前だった。あまり目立つ方ではなかったが、真面目《まじめ》でおとなしく、一生懸命に課題をこなす姿にリーラは好感を持っていた。

制服姿の男子生徒とは違い、女生徒である彼女はドレスアップをしている。

「その……実は私、ミヒャエルにずっと憧れていて。彼のことを呼び出したんだけど、約束の場所まで一人で行く勇気がなくて……」

恥ずかしそうに、ステラが言った。そういえば、何度かリーラがミヒャエルと一緒にいるときに声をかけられたが、その時のステラはどこかそわそわしていた。

おそらく、卒業式ということもあり、彼女なりに勇気を振り絞ったのだろう。

「いいよ、ついていってあげるよ」

自分が一緒だからといって、ミヒャエルから良い返事が返ってくるとは限らない。それでも、彼女を応援したい気持ちもあった。

「ありがとう、リーラ」

ホッとしたのか、ステラが嬉しそうに笑んだ。

会場の光の強さもあるのだろうか、ステラのヘーゼル色の瞳が、今日はひときわ明るく見えた。


ステラがミヒャエルと待ち合わせたのは講堂からは少し離れた中庭の方だった。

今の時間、学内の人間のほとんどはパーティーに出ているため、明かりのついている部屋はほとんどない。道の端には小さな光が灯《とも》されているとはいえ、女性が一人で歩くには少し心もとないだろう。

けれど、目的の場所には着いたものの、そこにはミヒャエルの姿はなかった。時間には正確な方だと思ったが、遅れているのだろうか。

「ステラ、待ち合わせの時間は……」

リーラが問いかければ、無言で歩き続けていたステラが振り返った。

てっきり緊張から黙り込んでいると思っていたのだが、その表情は緊張とは全く違うものだった。

「……来ないよ。最初からミヒャエルには何も伝えてない」

「え……？」

薄暗い中だというのに、ステラの瞳の色はいつもより随分明るくなっていた。文献で読んだことがある。これは、操作魔法をかけられている時の瞳の色だ。

「どういう……？」

「いいよね、リーラは、きれいで頭も良くて。ミヒャエルにいつも守られてて……しかも、オメガだったなんてね。聞いたよ、ミヒャエルの子を妊娠してるって」

「は……？」

もしかして、式典前の会話を聞かれていたのだろうか。

「ずるいよ、リーラは……それに、ミヒャエルの実家での立場があまりよくないのは知ってるよね？　平民の子だってバカにされているのも。リーラだって、平民だよね？　だから……あなたはやっぱりミヒャエルに相応しくない！」

ステラの瞳の光が、より強いものになった。咄嗟に避けようとしたが、間に合わなかった。

「う、うわあ⁉」

腕を思い切り摑《つか》まれ、動きを封じられる。

違う、この子供はミヒャエルの子供じゃない。そう言おうにも、声が出なかった。

「大丈夫……これでも助産師だもの……堕胎魔法のやり方は知ってるから」

ステラの手から発せられている橙色《だいだいいろ》の光がリーラの腹に触れようとする。

おおよそステラのものとは思えないほど、その力は強かった。

「うっ……痛っ……！」

痛みが、腹部をおそった。しかもその痛みは、どんどん強くなっていく。

「動かないで。失敗したら、他の臓器も傷つけてしまうから」

そんなこと、できるわけがなかった。痛みに支配される身体を、懸命に動かす。

「ちょっと、暴れないでよ！」

揉《も》み合いになりながら、リーラが倒れたところで、ステラが馬乗りになる。

そこに、ピィーという高い鳴き声が聞こえてくる。

「な、何よこの鳥……!?」

ラパス……。

激しい痛みに朦朧《もうろう》とする意識の中、大きなアルブレヒトの鷲《わし》が、ステラを嘴《くちばし》で攻撃しているのが見える。

「やっ……ちょっと……！」

両手で嘴を避けるため、ステラがリーラの上から退《ど》いた。

ホッとしたものの、痛みはなくならない。むしろ、どんどん激しくなっていく。

どうしよう……子供が……。

このままでは、死んでしまう。助けを呼ぼうにも、声が出てこない。

「リーラ！」

朦朧とした意識の中、力強い腕と心地よいかおり、そして、アルブレヒトの声が聞こえた。

＊＊＊

「駄目よ……心音が完全に消えてしまってる。こうなっては、手の施しようがない……リーラの命だけは、なんとか助けるから……」

遠くで、話し声が聞こえる。リーラもよく知る、エレノアの声だ。

「そんな、なんとかならないのか⁉」

「私だってなんとかしたいわよ！　だけど、もう赤ちゃんは……。それこそ、時間でも戻さない限り……」

「わかった、時間を戻せばいいんだな」

迷いのない、力強いアルブレヒトの声だった。

「ま、待って……時間魔法は禁じられた秘術よ⁉　いくらあなたの力が強いからって、使えばどうなるか……」

「リーラとその子の命が助かるのなら、俺自身はどうなろうとかまわない！」

迷いのない、はっきりした言葉だった。

アルブレヒト殿下……。

自身の身体が、優しい、暖かな光に包まれていくのを感じた。

そこで、リーラの意識は完全に途絶えた。

＊＊＊

リーラが目を覚ました場所は、よく知る学院の療養室ではなく、もっと大きな部屋だった。

見覚えのあるその病室は、以前リーラも研修に行ったことがある、王立の医院だ。

「……気がついた？」

横を向けば、そこには椅子に座ったエレノアがいた。いつもの溌溂《はつらつ》とした笑顔はそこにはなく、表情は静かで、少し寂し気だった。

「エレノア先生……」

「気分はどう？　どこか痛くない？」

「大丈夫です、どこも痛く……」

リーラがそう言えば、エレノアはホッとしたのか、小さく笑みを浮かべた。ただ、その笑顔もどこか力ない。

「よかった。身体は回復しているとはいえ、三日も眠り続けていたから心配で……」

気がつけば、そんなに時間が経っていたらしい。

「あ、あの……お腹の子は!?」

起き上がったことで、急速に記憶が蘇《よみがえ》った。ステラによって無理やり堕胎させられそうになったこと。ステラの魔法を避けることができなかったこと。

そして、おそらくアルブレヒトに助けられたことを。

エレノアが言葉に詰まったことにより、リーラの表情が強張る。すぐさま、自身の手を腹へ伸ばした。

「ダメ、だったんですか……?」

「あ、いえごめんなさい。赤ちゃんは、大丈夫よ」

覚悟はしていたとはいえ、絶望の淵《ふち》で今にも叫びだしたいような心境は、エレノアの言葉によって救われた。

「よかった……この子、生きてるんですね……」

自然と、涙が溢《あふ》れた。ステラが使った堕胎のための魔法は、おそらく細胞を弱らせていく魔法だった。

「だけど……どうして……」

胎内にいる子にかけたくなく、なんとか抵抗をしたものの、それでも確実にステラの魔法はかかっていたはずだ。

「アルブレヒトがね、堕胎魔法をかけられる前のあなたの身体に時間を戻したのよ」

「時間魔法……？　あの、伝説の魔法といわれる？　存在したんですか？」

「王家にだけ伝わる秘術があるの。莫大《ばくだい》な魔法力が必要だし、代償が大きいためこれまで使った者はほとんどいない」

代償、という言葉に、身体がびくりと震えた。

「あの、アルブレヒト殿下は……」

ご無事なのでしょうか？

最後まで、言葉が続かなかった。顔色を悪くするリーラに対しエレノアは、慌てたように首を振った。

「あ、大丈夫よ。アルブレヒトは無事よ。ただ……」

「ただ……なんですか？」

アルブレヒトが無事だという言葉に、胸を撫《な》で下ろしながらも、エレノアの口ぶりが重たいことが気になった。

「リーラ、どうか気を強く持って聞いて欲しいの……」

耐えられない、とばかりにエレノアがリーラの手をギュっと握った。

「アルブレヒトは……」

「え……？」

エレノアの発した言葉に、リーラは愕然《がくぜん》とその表情を強張らせた。

「あなたに会わせることはできる。だけど、自分からは何も話さないと約束して」

リーラは黙って頷いた。


リーラの時間を戻した。俄《にわ》かに信じがたい話ではあったが、確かにリーラの身体にはなんの変化もなく、ベッドから下りた後はいつも通り歩くことができた。

不思議と、これまで感じていた気持ち悪さも改善したような気がする。

エレノアが用意してくれたらしい服がゆったりしていて、身体を締めつけていないのもあるのかもしれない。

部屋を出て、エレノアの後をついていけば、アルブレヒトの病室は意外と近くにあった。

この階自体、王族専用のものだったはずなので、以前ここで働いていたというエレノアが、特別にリーラをここに入院させてくれたのだろう。

エレノアがドアをノックすると、中からはどこか不機嫌そうな声が聞こえてきた。

ドアを開く直前、エレノアが念を押すように口元に人差し指をあて、リーラは黙って頷いた。

「叔母上、いつになったら俺はここを出られるんだ？　もう三日目だぞ？　病院なんて退屈で仕方がない」

悪態をついていたアルブレヒトだが、エレノアの後ろにいるリーラの存在に気づいたのだろう。アルブレヒトの反応に、ほんの僅《わず》かな期待を持ったリーラだが、すぐにその期待が外れたことがわかる。

慌てたように、姿勢を正したアルブレヒトは、少しだけ顔を赤らめて言った。

「ひ、一人じゃなかったのか？」

「私の時と随分反応が違うじゃない。きれいな子だから照れてるの？」

「別に、そういうわけじゃない」

言いながらも、ちらちらとリーラに視線を向けるアルブレヒトは、どこか照れくさそうだ。

数日前に会った時よりも一回りほど身体が小さくなっているように感じるし、声も心なしか高く聞こえる。それだけで、このアルブレヒトがリーラの知るアルブレヒトではないことがわかる。

「どうせ学院が始まるまではまだ時間があるんだから、ゆっくりとここで休んでいなさい」

「はあ？　ゆっくりってどれくらいだよ？」

まるで子供のように顔を顰《しか》めるアルブレヒトをエレノアは苦笑いを浮かべて宥《なだ》め、リーラは二人のやりとりを後ろで静かに見つめていた。

そしてエレノアに促されるままに、アルブレヒトの病室を後にした。アルブレヒトはリーラの存在が気になっていたのか、最後まで視線を感じたが、リーラから話しかけることはなかった。

病室から出たリーラは、すぐさま口元を押さえた。耐えられず、瞳には涙が浮かんだ。

「リーラ」

慌てたように、エレノアがその背に優しく手を置いた。

女性にしては長身のエレノアは、リーラとさほど身長差がない。

「大丈夫？　気持ち悪い？」

エレノアの言葉に、無言で首を振る。

「アルブレヒトは、使った時間魔法の代償に、その身体と心が五年前に戻ってしまったの。今のアルブレヒトは十七歳で、勿論、あなたのことも何も覚えていないわ」

記憶の喪失ではなく、全てが戻ってしまった。つまり、自分とアルブレヒトが過ごした時間は、アルブレヒトの中で永遠に失われてしまった。

今のアルブレヒトはリーラのことも、そして腹の中にいる子供のことも何も知らない。

最初は信じられなかったが、いざアルブレヒトを目の前にするとエレノアの言っていた意味がよくわかった。彼は、リーラの知っているアルブレヒトではなかった。

「とにかく、部屋に入ってゆっくり休みましょう。これからのことは、あとでゆっくり考えればいいから」

エレノアが背に添えてくれた手は温かかった。

「……大丈夫よ、さっきのアルブレヒトの様子を見たでしょう？　記憶を失っても、やっぱりあなたのことは気になるみたいだった。だから、もう一度やり直せばいいのよ」

そう、励ますようにエレノアは言った。

けれどリーラは、その言葉に頷くことはできなかった。

やり直す、それはリーラとアルブレヒトの関係を、ということだろうか。けれど、そもそも自分たちは元々恋人同士だったわけではない。

仲の良い先輩と後輩、友人とは言えたかもしれないが、そういった恋愛関係にあったわけではなかった。

結婚を約束してくれたのだって、リーラがアルブレヒトの子を宿してしまったからだけで、しかも今のアルブレヒトにその記憶は一切ないのだ。

先ほど会ったアルブレヒトは、まだ少年らしさも残っており、出会ったばかりの頃よりもさらに若かった。

時間魔法の後遺症は何があるかはわからないため、アルブレヒトを刺激しないためにも、今は何も話さないで欲しいとエレノアは言った。

この先容体が少しずつ落ち着けば、事情を説明してもよいとも。

それはつまり、事故のような状況で自分たちは身体を重ね、子供ができ、結婚の約束をしているのだと話すということだ。

過去のアルブレヒトも、見たところその性質は変わっていない。たとえ記憶がなくとも、リーラに同情し、伴侶となってくれるかもしれない。

けれど、それで本当によいのだろうか。元々、責任感の強いアルブレヒトだからこそ、自分たちの結婚は決まったようなものだ。

だからといって、今の何も知らないアルブレヒトに、その責任を取らせることに、強い罪悪の念を感じていた。

しかしどこかで、もし魔法の影響がなくなり、身体が元に戻ったらと、そんな儚《はかな》い希望を抱いてしまう。

病室に一人きりになった後も、リーラは迷い、悩み続けた。そんなリーラの悩みが解決したのは、意外な人物の訪問からだった。

一人の護衛を引きつれ、その男性を外で待たせた女性は、強張った表情でベッドの横にある椅子へと座った。

数日前に会った際には豪奢なドレスを着ていた彼女も、今回はお忍びであるためか、その装いは目立たない控えめな色合いだった。

それでも、凜《りん》とした美しさに変わりはなく、高貴な雰囲気は隠しようもなかった。

「あ、あの……」

この国の第二王妃、アルブレヒトの母親であるゾフィアが主治医の案内でこの部屋に入ってきた時には、リーラはあまりにも驚いて飲んでいたコップを取り落としそうになった。

そして、ゾフィアはこの部屋に入った時から表情は厳しいものだった。

その様子を見れば、決してリーラにとって良い話をしにきたわけではないことはわかった。

「体調は、大丈夫？　かなり危険な魔法を受け殺されかけたと聞いたけど……」

けれど、意外にもその口から最初に出たのは、リーラを気遣う言葉だった。

殺されかけた……そうだった。妊娠している事実を公にはできないため、リーラは嫉妬《しっと》した女生徒に殺されそうになり、それを助けるためにアルブレヒトが時間魔法を使ったのだと、そう説明したとエレノアが言っていた。

「はい、ありがとうございます……」

リーラがそう言えば、僅かにゾフィアの頬が緩んだ。姉妹だからだろう。笑った顔は、少しだけエレノアに似ていた。

「紹介された時には驚いたけど……時間魔法を使ってまであなたのことを助けるなんて、アルブレヒトはよほどあなたを大切に思っていたのね」

「いえ、そんな……殿下を危険な目にあわせてしまい、申し訳ありませんでした」

ゾフィアの表情からは怒りは見て取れなかった。それでも、申し訳なさから謝らずにいられなかった。

「謝らないで。あの子が自分で選んだことだもの。ただ、ごめんなさい……こんなことを、あなたに言うのは心苦しいのだけど」

そこで、一旦ゾフィアは言葉を止めた。止めたというよりも、言葉を選んでいるといった様子だった。

「あの子との結婚のことは、なかったことにして欲しいの」

驚きはなかった。彼女が自分たちの結婚をよく思っていないことはわかっていた。一国の王妃が、わざわざ病室にまで足を運んだのだ。それくらい、彼女にとっては重要な話であろうということも。

「あの後、少しあなたのことを調べさせてもらったわ。優秀なのね、ベータだと聞いた時には驚いた。でも……あなたはアルブレヒトに相応しくない」

ゾフィアの言葉に、リーラの心は鋭利な刃物で傷つけられたような痛みを覚える。

自分とアルブレヒトでは、あまりにも身分が違いすぎる。自身がアルブレヒトの伴侶として相応しくないことはわかっていた。

それでも、いざそれを口にされると、やはり傷ついた。

「はい……僕も、そう思います」

リーラの言葉が、意外だったのだろう。ゾフィアは、少し驚いたような顔をした。

「エレノアが言っていた通り、あなたはとても良い子なのね。アルブレヒトが好きになるはずだわ……」

そう言ったゾフィアの表情は悲し気で、彼女自身も自分の言葉に傷ついていることがリーラにはわかった。

「だけど、あなたを伴侶に選べば、アルブレヒトは国王になれない。本人はそれでもかまわないって言っていたけれど、幼い頃から、厳しい教育を受けてきたあの子にはこの国の王になってもらいたいの」

政治的になんの後ろ盾もないリーラを選べば、アルブレヒトが国王になる可能性は大きく遠のくだろう。

あの時アルブレヒトは、それでもリーラと子供を優先させてくれた。けれど、類《たぐい》まれな才能を持ちながらも、それ以上にアルブレヒトが努力してきたことをリーラは誰よりわかっている。

不思議とショックは受けなかった。アルブレヒトが記憶を失った時から、どこかでこうなることを覚悟していたのかもしれない。

「わかりました」

だから、リーラはゾフィアに視線を向け、はっきりと言った。

「ほ、本当にいいの？　あなただって、アルブレヒトのことを……」

「好きでした。今でも、その気持ちに変わりはありません。けれど、今のアルブレヒト殿下は、僕のことは何も覚えておりません。今僕がアルブレヒト殿下の前に現れても、困惑されるだけだと思います。それに、僕自身も、アルブレヒト殿下にはこの国の王になって欲しいと、そう思います」

ああ、これで全てが終わってしまう。そう思いながらも、ゾフィアの前で涙を見せたくなかった。それくらいのプライドは、リーラにもあった。

「ありがとう……そして、ごめんなさい……」

掠《かす》れた声で、ゾフィアは頭を下げた。王妃にそんなことをさせてはならないと、慌ててリーラは顔を上げるよう請う。

「心ばかりではあるんだけれど、先立つものが必要でしょう？　そんなに多くはないんだけど……」

言いながら、おもむろにゾフィアは自身の持つ鞄《かばん》の中から、厚みのあるものを取り出した。

布に包まれたそれは、この国に流通している紙幣だった。ようは、手切れ金ということだろう。

馬鹿にするなと、そこまでは落ちぶれていないと、そう言いたかった。けれど、これから自分の子を育てるうえで、金は必要だ。

「いえ、頂きます。……ありがとうございます」

リーラがそう言えば、なぜかホッとしたようにゾフィアが笑った。嫌な笑い方だと思ったが、どう思われようとかまわなかった。

ゾフィアはそれから一言二言声をかけると立ち上がり、病室を出ていった。

誰もいなくなったことで、ようやくリーラの瞳から涙が溢れた。

ゾフィアが悪い人間でないことはわかる。けれど、あそこまで見下された人間から援助を受けなければならない自身の立場が、情けなく悔しかった。

そして、自分はもう二度とアルブレヒトに会うことはない。それが何よりつらかった。

違う……これは……罰なんだ……。

元々、自分を育ててくれた村の人々のために医師になりたいと、そう思って入学したはずの学院だった。

それにもかかわらず、アルブレヒトに恋をし、自分の幸せを優先しようとしてしまった。

アルブレヒトの伴侶になりたいと、身の程をわきまえない願いを持ってしまった。だから、こんなことになったのだ。

けれどそこまで考えたとき、ふとリーラは自身の腹へとそっと手を伸ばした。

違う、罰なんかじゃない。アルブレヒトとの幸せだった日々は、アルブレヒトの中から消えてしまっていても、自分の中には残っている。

この子が、何よりの証《あかし》だ。そしてこの子は、アルブレヒトがその命をかけて守ってくれた子供でもあった。

強くならなければならない。今度は、自分がこの子を守るために。リーラは、溢れ出てくる涙を拭《ぬぐ》ってそう心に誓った。

8

――五年後。


「リーラ！」

愛らしい、高い声が聞こえ、机に向かっていたリーラの身体は小さな衝撃を受けた。

「……エミール、まだパパは仕事中だよ」

「でも、もうすぐ時計の長針は12になるところだよ」

確かに時計を確認すれば、あと数分で診察時間は終わるところだった。

「ね？　もう時間でしょう？」

自分と同じ漆黒の髪に、青い大きな丸い瞳を持つエミールは、少し得意げに言った。

四歳になったばかりのエミールは自分の子供ながらにとても利発で、この年代の子供とは思えないような発言をすることがある。

たとえば、リーラの呼び方だ。何度パパと呼ぶように言っても、『パパってお髭《ひげ》が生えていたり、もっと大きい人のことを言うんでしょ？　リーラには似合わないよ』などと言って頑《かたく》なに名前で呼ぼうとする。

大人に囲まれて育っているのもあるのだろうが、年齢以上にエミールは大人びていた。

よくないと思いつつも、愛らしい我が子に言われてしまうと、リーラもそこまで強くは言い返せなかった。

「待合室にも、誰もいませんよ」

クスクスと笑いながら、看護師のスーシーが、診察室へと入ってくる。

村の診療所はこぢんまりとしており、基本的にはリーラと義父のウィラードが交代で仕事をしている。

交代といっても、どちらかが診察室にいる間はもう一人が村人の家に診察に行っているし、そうでない場合もエミールの面倒を見ている。

どちらも用事がある場合は、隣に住む同い年の子を持つ女性が預かってくれるのだが、エミールは女性の目をかいくぐり、こうやってすぐに診療所に来てしまう。

「じゃあ……少し早いですが、今日はもう終わりにしましょうか」

「はい。若先生、今日もご苦労様でした。明日は私はお休みですので、ハンナが来る予定です」

看護師も、この初老のスーシーとまだ若いハンナが交代で手伝いに来てくれている。

「わかりました。戸締まりは僕がしておくので、来週もまた、よろしくお願いします」

そう言うと、スーシーがにっこりと笑い、診察室を出ていった。

今日は昼過ぎあたりは目まぐるしく忙しかったものの、日が暮れるにつれ患者はほとんどいなくなった。

この診療所で働き始めてから四年、研修してきた医院とは全く違い、小さな怪我《けが》から、それこそ手術が必要な大きな怪我まで診てきて、だいぶ仕事にも慣れてきた。慣れてきた、というよりも慣れざるをえなかったのだ。

それでも、数年前までこの付近で診療所があるのはこのバブルス村だけだったが、最近は他の村にも少しずつ医師は派遣されていた。そのため、リーラの空き時間も増え、学院時代から研究していた病気の治療法を研究する時間も作れた。

今でも手紙のやりとりを行っているエレノアを通して研究所にも報告していたため、最近ではリーラの治療法が主流となりつつあるという。

昨年はその治療法が評価され、王立研究所から勲章も受けたが、残念ながら授賞式には参加しなかった。

王都に行くのは時間もお金もかかるし、エミールのことだって気になる。送られてきた勲章は、部屋の机の中に眠っている。

軽く待合室の掃除をし、カーテンを閉めていく。最後のカーテンを閉め終わる頃、重たいドアが開き、外の空気が入ってきたのに気づく。

「今日はもうお終《しま》いなんですが、何かありましたか……？」

まだ、医療用具は仕舞っていないため診察は可能だ。そう思い、声をかければ、入ってきた立派な騎士姿の青年に、リーラは言葉を失った。驚き、何か話しかけようとすれば、

「リーラーーー!!」

青年はその男らしい顔を思い切り破顔させ、勢いよくリーラへ抱きついてきた。

「ひ、久しぶりだね、ミヒャエル……」

外見は大人びた騎士になったように見えたミヒャエルだが、中身は全く変わっていないようだ。力強い腕に抱きすくめられながら、リーラは苦笑いを浮かべる。そこに。

「リーラに、触るなーーー！」

高い声とともに、ドンッという音が聞こえる。

「うわ、なんだ!?」

「……エミール」

そこには小さなその身体で、思い切りミヒャエルの足に体当たりをしているエミールの姿があった。

＊＊＊

「いやあ……驚いたなあ……あの時の子供が、こんなに大きくなってたのか」

あの後、ミヒャエルとエミールを連れて家に帰ったリーラは、三人で夕食を囲んでいた。

ウィラードは村の集まりがあるそうで、先に食事をとって出かけていた。

ミヒャエルが話しかけても、エミールは目もくれず、淡々と目の前の食事を食べ続けている。

卒業後は手紙のやりとりこそ行っているが、ミヒャエルと再会したのは、それこそ学院を卒業して以来だった。

「少し前に四歳になったばかりなんだ。僕も年を取るはずだよね……」

小さく笑って言えば、ミヒャエルが慌てたように首を振った。

「それはないだろう、リーラはますますその……きれいになったよな……」

「え？」

照れた様子でミヒャエルが言った言葉に、リーラが首を傾《かし》げる。

けれど何か言葉を返す前に、ミヒャエルの隣にいたエミールがその小さな足で思い切りミヒャエルの太腿《ふともも》を蹴《け》った。

「っ痛」

「エミール！　なんてことをするんだ！　ごめんね、ミヒャエル、普段はこんなことしないのに……」

「いや、顔もよく似てるけど、こういうところまでそっくりかって思ったよ……」

ミヒャエルは苦笑いを浮かべるだけに留めたが、リーラはそういうわけにはいかない。

「エミール、ちゃんと謝りなさい」

「ごめんなさい……」

リーラにそう言われてしまえば、エミールも素直に謝るしかなかったのだろう。

「いいよ、ちゃんと謝ることができて偉いな」

ミヒャエルが、にっこりとエミールに微笑む。

「おじさんも、優しいんだね」

「……おじさん!?」

あどけない可愛《かわい》らしい笑顔で言ったエミールの言葉に、ミヒャエルは顔を引きつらせた。

「ごめん、これくらいの子にしてみると、少し年上の人間はみんなそう見えるんだと思う
……」

「……いや、絶対違うだろ」

ぼそりと呟いたミヒャエルの声は小さく、リーラは聞き取ることができなかった。

エミールを風呂《ふろ》に入れ、寝かしつけた後、ようやく二人だけで話す時間ができた。

風呂に入れてくれたのはミヒャエルで、最初は複雑そうだったエミールも、出てきた時にはとても嬉しそうだった。

元々、子供好きだということもあるのだろう。寝る前にはミヒャエルに対し、また明日遊んでと小さい声でエミールは頼んでいた。

「それで……？　突然どうしたの？　このあたりで任務でもあった？」

現在騎士団に所属しているミヒャエルは、普段は王族を守る仕事についているはずだ。ここは一応国境沿いの村だし、何か調査でもあったのだろうか。

リーラがそう言うと、葉茶を口にしていたミヒャエルの表情から笑みが消えた。

「あ、いや……今日は、とある方からの依頼でここに来たんだ」

「とある方からの……依頼？」

思い当たる節は、特になかった。

「その……俺には難しい話はよくわからないんだけど、お前が治療法を確立したっていう……テペラ病。実は、第二王妃様が数年前に発症してたんだ」

「そう、だったんだ……」

テペラ病は肺を傷め、激しい高熱が出やすい病だ。これまでは魔法で肺に直接働きかける治療法が行われていたが、激しい痛みを伴うため、治療をやめてしまう人間も多かった。

けれどリーラは肺に直接働きかけるのではなく、薬に魔法を施し、さらに日頃から特定の野菜を取ることで薬の効果を高めるという治療法を確立した。

それにより、多くの人間が治療を続けることができているのだという。

ケペラ病の治療の苦しさは想像を絶するものがある。ゾフィアに対し思うところが何もないわけではないが、それでも自分の治療が役立ったということは純粋に嬉しく思った。

「それでその……新しい治療法を確立したのがお前だって聞いたら、第二王妃様はぜひお前に主治医になって欲しいと仰《おっしゃ》って……」

「最近、エレノア先生から王都に来て欲しいって頻繁に手紙が来ていたけど、もしかしてそれが理由？」

「多分、そうだと思う……」

ミヒャエルの言葉に、リーラは小さくため息をついた。

「気持ちは嬉しいけど……僕はこの村を出る気はない」

「なんで……やっぱり、第二王妃様のことが許せないのか？」

「そういうわけじゃなくて。見ての通り、この村には僕と義父しか医師がいないし、エミールのことだって……」

「そのことなら、心配しなくていい」

突然聞こえてきた、しゃがれた、けれどとても優しい声に、リーラとミヒャエルは慌てて後ろを振り返る。

「義父《とう》さん……」

部屋の入り口に立っていたのは、義父であるウィラードだった。

「あ、こんにちは……」

慌ててミヒャエルが立ち上がれば、ウィラードも小さく頭を下げた。

「あの、心配はないって、どういうこと？」

「今日の集まりでいくつか村長から報告があったんだが、その中にこの村に医師の派遣が中央から行われると決定したと言われたんだ。勿論、このままリーラがこの村にいてくれる分にはかまわない。だが、テペラ病の治療法を研究しているお前を見ていて思ったんだ。やはりお前は中央で、最先端の治療を研究したいんじゃないかと」

「そんな……そんなことはない。僕はこの村に……」

「リーラ」

穏やかな、優しい声でウィラードが微笑んだ。

「お前が、この村に恩を感じてくれていることはわかっている。医師になってくれたのも、わしやこの村のためだとも。だけど、もう十分お前はこの村に貢献してくれた。それに、地方への医師の派遣を決めてくれたのはアルブレヒト殿下だそうだ。お前の口から、殿下に礼を言いに行ってはくれないかね」

「アルブレヒト、殿下が……」

ウィラードの言葉に、リーラは大きく目を見開いた。

記憶を失っていながらも、アルブレヒトは地方の村のことをきちんと考えてくれていた。それが、とても嬉しかった。

「王都に行きなさい、リーラ。わしだってまだまだ若いんだ、新しい医師もすぐに来てくれるという話だ。お前は、お前の道を歩みなさい」

「義父さん……ありがとう……」

身寄りのない自分と母を保護し育ててくれた義父には、ただ感謝の気持ちしかなかった。

ウィラードが、幼い頃と同じようにリーラの頭を優しく撫でた。皺《しわ》の多い顔が、滲《にじ》んで見えた。

＊＊＊

王都には、エミールも一緒に連れていくことになった。

ミヒャエルによれば、エレノアは現在学院の教諭をやめ、王宮の子供たちの家庭教師をしているため、エミールのことも一緒に見てくれるという話だった。

教諭としてのエレノアの優秀さはリーラもよく知っている。エミールの将来のためにも、エレノアのもとで学べることは良い経験になると思った。

第二王妃の主治医といっても、四六時中一緒にいるわけではない。

勿論、朝夕の体調を見る必要はあったが、それ以外の時間は王宮内にある医学研究所で働くことになる。

そして医学研究所では、懐かしい人物と再会することにもなった。

「リーラ……！」

研究所の所長を務めていたエーベルシュタインが、リーラがこの研究所に所属することを知ると喜んで迎え入れてくれた。

「ご無沙汰《ぶさた》しております、エーベルシュタイン殿下」

五年前とほとんど変わらない、いや当時よりもさらに男らしくなったエーベルシュタインは、華やかな笑みを浮かべた。

「また会えて嬉しいよ。元気にしていたかい？　あ、君がエミールだね」

豪奢な応接室に緊張しているのだろうか。エミールの表情は強張っていた。

「話は聞いてるよ……大変だったね。だけど、水臭いよ、リーラ。君がオメガだって知っていたら、学院時代から色々配慮できたのに……」

エミールのこともあるため、働く上でこれまでのことを全てリーラはエーベルシュタインに話していた。

卒業試験前にリーラがヒートを迎えてしまい、その時に身体を重ねたことでアルブレヒトとの間に子供ができたこと。その後、女生徒の誤解から堕胎魔法をかけられ、リーラを助けるためにアルブレヒトの身体と心は五年前に戻ってしまったこと。

「だけど、君の話を聞いて納得したよ。ティルダの命を助けるために、時間魔法を使ったと聞いていたけれど、正直ピンとこなくてね」

なるほど、アルブレヒトにはそうやって説明してあるのか。

確かにリーラがアルブレヒトの前から姿を消してしまったことにより、どうしてアルブレヒトが時間魔法を使ったのか他の理由が必要になる。

全ての事情を知るティルダは、うってつけの存在だったのかもしれない。

「それから、君のテペラ病での治療法は素晴らしかったよ。他にも、研究したいことがあるんだろう？」

「はい……やはり、僕自身がオメガということもありますし、オメガの身体に負担のかからない抑制剤の研究等も進めていきたいと思ってます」

「うん。できる限り俺もサポートするよ。これからよろしく頼むよ」

「はい、よろしくお願いいたします」

差し出してくれたエーベルシュタインの手をリーラが取れば、少し力を入れて握りしめられる。

「リーラ、帰る、帰る！」

その途端、横にいたエミールが声を上げた。

「すみません、まだ昨日王都に出てきたばかりなので、疲れているみたいで……」

「ああ、仕事は来週からでかまわないよ。ゆっくり休んで」

「ありがとうございます」

礼を言って、エミールの手を引き退出する。

エミールは、最後までエーベルシュタインの顔をじっと見つめていた。

エーベルシュタインは気を遣ってくれたが、リーラが王都に来たのはゾフィアの主治医としての治療が目的だ。

少しずつテペラ病の治療は進んでいるものの、未だ完治はしてないのだという。

エレノアと一緒に面会したゾフィアは、五年前とは随分その姿が変わっていた。

「久しぶりね……リーラ」

「お久しぶりです、王妃様」

姿勢を正し、頭を下げる。車椅子に座るゾフィアの姿は、あの頃よりも一回りほど小さくなり、豊かだった金髪は半分ほど白くなっていた。

以前のテペラ病の治療は、過酷なものだった。おそらくゾフィアも、それで身体を壊したのだろう。

「びっくりしたでしょう……こんなみすぼらしい姿になって……」

「いえ……」

そんなふうには思わなかった。むしろ、その姿を見れば治療の過酷さが否が応でも想像でき、心が痛んだ。

「あなたにひどいことを言った、罰が当たったのね。あまりにも治療がつらくて、一時は死にたいとすら思ったくらいなの。だけど、あなたが考えてくれた治療法によりとても楽になった……感謝しても、しきれないわ」

「そんなことは……」

「無理を言ってごめんなさい。私の顔なんて、二度と見たくなかったでしょう？　だけど、私はどうしてもあなたにお礼が言いたかったの。ありがとう、リーラ」

そう言うと、丁寧な動作でゾフィアは頭を下げてくれた。細く、小さな彼女を見ていると、恨み言など全く出てこなかった。

「治療を続ければ、必ず完治します。僕もできる限りのことはしますから、一緒に頑張りましょう、王妃様」

リーラが微笑んでそう言えば、ゾフィアは自身の顔を手で覆った。

エレノアは、そんな姉の肩を優しく抱いた。

＊＊＊

その日は、春らしいとても暖かな日だった。

テペラ病は体温の調整がしづらいため、一度かかると暑さも寒さも健康体の人間以上に過敏に感じてしまう。そのため外に出ることを恐れ、それが原因でかえって身体を弱らせてしまう患者もいるのだ。

ゾフィアは、そういった身体の機能は少しずつ戻っているようだった。だからリーラも、天気の良い日は積極的に一緒に外に出るようにしていた。

「……とても気持ちがよい日ね。もう二度と、こんなふうに春の花を見ることはできないと思っていた……」

ゾフィアが花を好きだという話を聞いてからは、リーラも部屋に花を持ち込むようにしていた。嬉しそうに色とりどりの花弁を見つめるゾフィアを見ていると、自然とリーラも気持ちが和らいだ。

「何を仰るんですが。来年も再来年も、こうして花を見ることはできますよ」

実際、リーラがゾフィアを診るようになってからは、体調はどんどんよくなっていた。今は、少しずつだが歩く練習もしている。

「そうね……ありがとう」

嬉しそうに、ゾフィアが微笑んだ。その時、高い、リーラがよく知る声が遠くに聞こえてきた。

「リーラー！」

ハッとして振り返る。すると、大きな犬が現れ、思わずリーラは身構える。

けれど、その犬に乗っていたのは、エミールだった。

「エミール……、またエレノア先生のところを抜け出してきたのか？」

「だって、この子が外に遊びに行こうっていうから」

エミールがそう言えば、ワンッと大きな犬が鳴いた。

生まれつき魔法力の強いエミールは動物を使役するのが得意で、バブルス村にいた頃にも村の動物たちとすぐに仲良くなっていた。

こうして時々、エミールはエレノアのもとを抜け出してリーラのところへと遊びに来た。

今頃、エレノアは心配しているはずだ。

「リーラ……その子があなたの子供……？」

ハッとしたリーラは、こっそりと自身の身体でエミールを隠す。

「は、はい……ちょっと、エレノア先生のところへ返してきますね」

ゾフィアには、自分は実はオメガで既に子供がいることは話していた。あまりに過去のことを気に病んでいるゾフィアに、今の自分は幸せだと伝えるためにも、その方がいいと思っていた。

一緒にいた侍女にゾフィアのことは頼み、エレノアのもとへ向かおうとすれば、なぜかエミールは大きな犬の上から降りてしまった。

「わあ、きれいなお花がたくさん！」

「エミール！」

エミールの姿が、ゾフィアの目に触れた瞬間、彼女が息をのんだのがわかった。

「リーラ……まさかその子……」

口元を押さえ、信じられないとばかりに強く動揺している。

やってしまった。リーラは内心頭を抱えた。エミールを見たエレノアは、幼い頃のアルブレヒトに生き写しだと言っていた。髪の色こそ違うものの、目の色もその顔立ちも、確かによくアルブレヒトに似ていた。

「王妃様、お茶の時間にしましょうか。この子のことも、紹介します」

リーラはため息をつき、未だ仰天しているゾフィアに静かに伝えた。

こうなってしまっては、誤魔化《ごまか》しても仕方がないだろう。リーラは、これまでの経緯をゾフィアに淡々と伝えた。

侍女には下がってもらった。ゾフィアの侍女は信頼のおける人物ではあったが、さすがにこの話を聞かせるわけにはいかなかった。

張りつめたような空間ではあったが、エミールは気にせずに美味《おい》しそうに出された菓子と果実水を口にしていた。

「……私は……なんてことを……」

話を進めるうちに、ゾフィアの表情はどんどん強張っていった。やはり、衝撃が大きすぎたようだ。

エレノアからは、生きる気力を取り戻すためにも孫であるエミールに会わせたらどうかという提案はされていた。けれど、そうすればこれまでの事情を全て説明しなければならない。ゾフィアの気立てが良いことは一月ほど一緒にいてもわかった。過去の出来事を知れば、おそらく罪悪感を覚えてしまうだろう。そしてやはり、リーラの予想は当たったようだ。

「謝って済む問題じゃないとは思う。だけど、私の気が済まないの……ごめんなさい、リーラ」

そう言ってゾフィアは、深々とリーラに対して頭を下げた。膝《ひざ》の上に置いた指は、微《かす》かに震えていた。

「昔のことです。お気になさらないでください。それに、あの時王妃様から頂いたお金のおかげで、僕もエミールも随分助けられました」

エミールが小さい間は、リーラが自由に働けないこともあり、どうしても人手が必要だった。そして、ゾフィアから渡された大金があったため、人を雇うことができたのだ。

「そんな……あれは……」

悲痛なほどにゾフィアの顔が歪《ゆが》んだ。そしてしばらく口を閉ざした後、リーラにまっすぐ視線を向けた。

「都合がよいことを言っているとは思う。だけど、言わせてちょうだい」

エミールがクッキーを散らかさないように見ていたリーラも、ゾフィアへ視線を戻す。

「アルブレヒトと、もう一度やり直すことはできないかしら？　あの子、あなたが来てからこの部屋に頻繁に顔を出すようになったの。多分、あなたのことが気になってるんだと思う。だから……」

「お気持ちはありがたいですが……殿下にこの子のことを話すつもりはありません」

なんとなく、ゾフィアならこういった提案をするのではないかと思っていた。けれど、リーラは困ったように笑ってその提案をやんわりと否定する。

「僕は今、とても幸せなんです。エミールと一緒にいられて、好きな仕事もできて……これ以上を望むつもりはありません」

「でも……」

ゾフィアは、それでも納得できないような表情をしていた。

本当は、王都に戻ることができたら、アルブレヒトと再会し、もう一度自分に興味を持ってくれたらと、そんな淡い期待を密《ひそ》かに持っていた。

既に士官学校を卒業したアルブレヒトは、結婚の約束をしたあの日と、同い年になっていたからだ。けれど、それはかなわなかった。

今のアルブレヒトの隣にはもう既にティルダがおり、来年結婚するという話を、申し訳なさそうにティルダの口から聞いたのは、王都に戻ってすぐのことだった。

ミヒャエルの話では、突然若返ってしまったアルブレヒトを献身的に支えたのはティルダなのだという。

元々、ティルダはアルブレヒトに対し憧れを持っていたことはリーラも知っている。そんな二人が長く一緒にいれば、惹《ひ》かれあうのも当然なことだと思っていた。

自分には、エミールがいる。アルブレヒトのことは、過去のこととして忘れよう。

心の奥底にある痛みには気づかぬふりをして、リーラは隣にいるエミールの柔らかな髪を撫でた。

9

ピーッという高い声を出したラパスが、バサバサという羽音をさせてアルブレヒトの肩に乗ってくる。

大鷲のラパスは、初めてアルブレヒトにできた友達だ。物心がついた時からずっと傍にいる。

鳥を相手に友達だと言うと、多くの人間は困ったような、なんともいえない顔をする。幼い頃に同い年の弟にそれを言った時は、会話のできない鳥を友達だと言うのなんて変だと笑われた。

会話はできないが、ラパスはアルブレヒトの気持ちにいつも寄り添ってくれていたし、喜びも悲しみも共有してくれた。

けれど幼かった自分はそれを説明できず、口惜しい気持ちで、『でも、友達なんだ』と言い返した。

そもそも、会話ができるからといって、わかりあえるわけではない。

いつも近くにいた弟とは幼い頃はたくさん会話をしたが、わかりあえたと思えたことは一度もなく、そのまま会話をしなくなった。

けれどそれ以来、ラパスのことを友達と言うのはやめた。ラパスと、大切な自分たちの関係まで否定されるのが嫌だったからだ。

けれど、一度だけ、誰かが自分に言ってくれた。

『ラパスは、殿下の大切なお友達なんですね』

女性の声ではなかったと思うが、男性にしては高い声だった。その言葉は覚えていても、言った相手のことは覚えていない。だけど、その言葉が嬉しかったことは覚えている。

そして自分にそれを言ったのは誰なのか、思い出そうとしても、頭に靄《もや》がかかったように何も思い出せない。

あらかじめ用意していた餌《えさ》を、ラパスに渡す。

鷲の寿命は本来二十年程度だという話だから、今年二十二になるアルブレヒトの年齢を考えれば、随分長生きだ。

年齢的には老鳥であるにもかかわらず、ラパスは病気をすることもなければ、いつまで経っても若い頃のままだ。おそらく、アルブレヒトの魔法の影響だろう。

魔法使いが使役する動物は、その魔法使いの命がつきるまで、ともにあるのだという。

いや、二十二年じゃないな。二十七年か……。

自分の身体と年齢は二十二年分の成長しかしておらず、その間の記憶しかないが、実際の自分は二十七歳なのだという。

アルブレヒトには、五年間の記憶がなかった。

それがわかった時の衝撃は、さすがに大きかった。

まだ入学して一年しか経っていないはずの学院で、同級生はみな卒業しており、さらに同じ軍科の生徒はその先の士官学校まで卒業しているというのだ。

退院した後、学院に戻ってみれば周りはみな知らない生徒ばかりで、まるで自分だけが時代に取り残されてしまったような気分になった。

話を聞けば、自分は幼馴染《おさななじみ》のティルダを助けるために時間魔法を使い、そして魔法の大きさゆえにその作用として自分の身体と記憶までも遡《さかのぼ》ってしまったようだ。

病室で、涙ながらにそれを説明する少女を見た時には理解はしたものの、どうも腑《ふ》に落ちなかった。

従兄妹《いとこ》のティルダのことは確かに幼い頃から知っているし、お兄様と言って自分についてくる彼女を可愛らしいと思ったことはある。けれど、そんな時間魔法という禁忌をおかしてまで、彼女を救おうとするほどの気持ちが自分にあっただろうか。

たとえば、もしティルダの命が危険にさらされていたら、迷わずに自分は彼女を救うべく行動するだろう。ただ、それは自身が持つ力の強さを知っているからであり、それはティルダでなくとも同じだった。

時間魔法は秘術であり、使える人間も限られている。何が起こるかわからないため、それこそ自らの命をかけて使うものだ。

五年の間に、自分のティルダへの想いは変わったのだろうか。

目の前で泣きじゃくるティルダを慰めながらも、アルブレヒトの胸には多くの疑問が湧《わ》いていた。

そしてあの時から五年の時が経ち、ティルダは自分の婚約者となっていた。

五年の間に、気持ちの変化は起こらなかった。けれど、この五年の間、アルブレヒトが混乱せぬよう、できる限りティルダはアルブレヒトの傍にいてくれた。

二つ年下だったティルダは自分の三つ年上となり、今年二十五になった。

貴族の女性であればほとんどが結婚し、子供を産んでいる年齢だ。それができなかったのは、ティルダがずっと自分の傍にいたからだ。

婚約は、そんなティルダの両親への責任と、義務感から行ったものだといっても過言ではない。

王子としてこの国に生まれた時から、自由な結婚などかなわぬものだと思っていた。ティルダと結婚したいと思ったことはない。だが、ティルダなら結婚してもよいと、それくらいの感情はあった。

アルブレヒト自身、結婚がしたいと心が惹かれるほどの出会いを経験できなかったこともある。

確かに、今まではそうだった。だが。

「……ラパス」

今日は日中に時間が作れたため、母である第二王妃の部屋を訪れるつもりだった。

けれど、なぜかラパスは王宮の門をくぐった後、中庭の方へと飛び立っていってしまった。

成人を迎えた王子たちは、それぞれ王都に屋敷を構え、暮らすことになる。アルブレヒトの住む屋敷は王宮からは近く、馬を走らせれば十分ほどの場所にある。

士官学校を卒業後、騎士団に所属しているアルブレヒトは毎日王宮へ足を運んでいるため、母親の部屋にはそのたびに顔を出している。

いや、これまでは週に二度三度顔を出せばよい方だった。

病がひどかった時期はいざ知らず、容体も落ち着いてからは頻度も落ちた。

ラパスのことは放っておいて自分だけ王宮内に入ってもよかったのだが、なんとなくラパスは自分についてくるように言っているような気がする。

なんの気まぐれだろうと思いつつも、とりあえずアルブレヒトはラパスの後を追った。

ラパスは、珍しく人に向かって飛んでいっているようだった。ラパスに限ってそんなことはないとは思いつつ、人を攻撃をするとまずい。慌てて止めようと声を出そうとすれば、アルブレヒトの考えは杞憂《きゆう》に終わった。

ラパスの羽音に気づいたその人間はゆっくりと振り返り、手を伸ばした。そして、ラパスはゆっくりとその指に留まった。

「ラパス？　どうしたの？　今日はアルブレヒト殿下は？」

笑顔でそう話しかけると、ラパスはそっと甘えるような仕草を見せた。鷲は基本的に誇りが高く主人以外に懐くことはない。そもそも、どうして彼は名前を知っているのだろうか。

「何か餌があればいいいんだけど……今は何も持っていなくて……」

「大丈夫だ、先ほど俺がやったばかりだ」

アルブレヒトが声をかけると、びくりとその人間の肩が震え、表情から笑みが消えた。

その変化に、内心アルブレヒトは傷つく。

「……すみません、殿下の大鷲を勝手に……」

そう言うとその人間、リーラはゆっくりとラパスをアルブレヒトの方へと差し出した。

けれど、ラパスは移動する気がないようで、リーラの指の上に留まっている。

「珍しいな……こいつは俺以外に懐くことがないのに」

アルブレヒトがそう言えば、リーラの頬が僅かに固まった。

けれどそれは一瞬のことで、

「光栄です」

と小さく呟いただけだった。

「今日は、もう母上の診察は終わったのか？」

「はい。午後にまた様子を見に行く予定ですが……とてもお元気そうでしたよ。今日はベッドから椅子まで、歩くことができました」

「そうか……、それはよかった」

一時期は寝たきり状態だった母の病が改善したのは、目の前の青年が確立した治療法によるものだという。

これまでの魔法による直接的な治療は激しい痛みを伴うもので、その影響で髪は真っ白になり、痩《や》せ細ってしまっていた。

こんなにつらいなら治療などしたくないと、気丈だった母が何度も涙を流していた。

それが、ここ一、二年の間に大きく改善した。寝たきりだった母は車椅子を使えば動けるようになり、今では歩行の練習も少しずつ行っている。

奇跡のようだと、父である王もとても喜んでいた。

最初、母の主治医がリーラになると聞いた時、アルブレヒトは反対した。テペラ病の治療法を確立した人間で、学院の卒業生だとは聞いていたが、彼のバース性がオメガであることが気になったからだ。

別に、表立ってオメガを差別するつもりはないが、アルブレヒトの心のどこかにオメガを下に見る気持ちがあったのかもしれない。

けれど、実際にリーラが母の主治医となってからは、自身の偏見を恥ずかしく思った。それくらい、リーラは優秀な医師だった。同時に、リーラの姿を見たアルブレヒトは驚いた。彼が、かつて憧れの気持ちを持った青年だったからだ。

五年前、時間魔法を使った直後のアルブレヒトは、一カ月ほど王都の医院に入院していた。その時、エレノアは一度だけリーラを連れてきたことがあったのだ。

母やエレノアといった美しい人間を幼い頃から幾人も見ているアルブレヒトでもハッとするほど、リーラの容姿は美しかった。

艶《つや》やかな黒髪に、同じ色の睫毛《まつげ》に縁どられた紫色の瞳。きれいな形の鼻梁《びりょう》に、少しだけ小さな唇。

まだ話したことすらないその青年の存在がアルブレヒトはとても気になり、その日以降彼に会えることを密かに楽しみにしていた。

けれど、青年に会えたのはその時だけだった。エレノアに何度彼のことを聞いてもはぐらかされ、ようやく聞き出せたのは彼が学院の卒業生であり、もう既に地方に帰ってしまっているという話だった。

いくら美しくとも、ほんの一瞬見ただけの青年なのだ。普通であれば、そのまま記憶の底に沈んでいくはずだろう。けれど、なぜか青年のことはアルブレヒトの記憶にしっかりと残った。

そして彼にもう一度会えた時、アルブレヒトはひどく興奮し、これ以上ないほどの感銘を覚えた。

彼に会いたい、彼のことをもっと知りたい、そう思ううちに、自然と母の部屋を訪れる回数は増えていった。

ところが、そんなアルブレヒトの態度に対し、リーラはどこか及び腰だった。

決して冷たくされているわけではないし、アルブレヒトが何かを聞けば大抵のことは丁寧に答えてくれる。

ただ、それでもリーラが言葉を濁すことはいくつかあった。それが、学院時代の生活についてだった。

考えてみれば、専門学科が違うとはいえリーラもアルブレヒトと同じ学院に在籍したはずだ。あの時アルブレヒトの見舞いに来てくれたのも、おそらく何かしら縁があったからだろう。

けれど、それを聞いたリーラの返事は芳しいものではなかった。

『殿下とは学年も違いましたし……専門学科も違いましたので。ティルダとは懇意にさせていただいていたので、何度かお会いしたことがあるという程度です』

確かに、リーラの言っていることに間違いはないようだった。当時、学院で自分の同級生だった人間に話を聞いても、自分たちが特別仲が良かったという話はほとんど聞けなかった。むしろ――。

「リーラ」

耳に入ってきた聞き覚えのある声に、思わずアルブレヒトは舌打ちがしたくなった。

声のした方に視線を向ければ、よく見知った自分の弟がこちらへ向かってくる途中だった。

「エーベルシュタイン殿下」

「王妃様の診察は終わっている時間だろう？　いつまで経っても戻らないから、中庭まで探しに来たんだ」

エーベルシュタインはアルブレヒトには目もくれず、リーラに対し優し気な笑みを浮かべている。

「ありがとうございます。ですが……子供ではないんですから大丈夫ですよ」

少し恥ずかしそうにリーラが言った。

「どうだろうな？　そもそも出会いの時から君は学院内で迷子になっていたからなあ？」

「もう十年も前の話ですよ」

同級生たちがよく口にしていたのは、リーラを可愛がり特別視していたのはエーベルシ

ュタインだという話だった。

それこそ、一時期は毎日のように一緒にいたため、恋人同士なのではないかと疑う声もあったというほどだ。

相手に悪気はないのだろうが、次々と出てくるそういった話にアルブレヒトは苛立《いらだ》ち、ついには当時の同級生からの話を聞くのをやめてしまった。

時間魔法を使う前の自分は、リーラのことが気にならなかったのだろうか。今の自分は、こんなにも惹かれているというのに。

……惹かれている？

自然と胸に浮かんだその気持ちを、アルブレヒトは慌てて否定する。この短期間で、リーラが優れているのは容姿や能力だけではなく、心根が美しいことをアルブレヒトは知っていた。

リーラが来てから母の部屋に溢れ始めた花も、彼が用意してくれているものだという。実際、母もリーラのことはとても信頼しているようだ。

だが、だからといって……。

「アルブレヒト、リーラが世話になったね。自分たちはそろそろ研究所に戻るから」

エーベルシュタインはそう言うと、リーラを促し、同じ敷地内にある医学研究所へと戻ろうとする。

リーラも、アルブレヒトに対し小さく礼をした。

「リーラ！」

気がつけば、自然と声が出ていた。リーラは驚いたような顔をして振り返った。

「明日もこの時間に母上を診てくれてるのか？」

アルブレヒトがそう言えば、リーラは少しだけ笑みを浮かべ、

「はい、その予定です」

と答えた。

そして今度こそ、エーベルシュタインとともに自分のもとを去っていってしまった。

二人の後ろ姿を見ながら、アルブレヒトは小さくため息をつく。リーラとエーベルシュタインはそれこそ学院時代から仲が良く、今も同じ研究所で働いているのだ。

あんなふうに仲睦《なかむつ》まじげにしているのも、決して不自然ではない。それでも、なぜかアルブレヒトは焦燥と怒りを感じていた。

リーラがオメガであるということもあるのだろう。いや……だけどリーラは平民だ。あのエーベルシュタインが、伴侶に平民を選ぶはずがない。

そう言い聞かせ、なんとか冷静になろうとする。相手の結婚を気にしてしまう時点で、その人間に執着を感じているということに対しては、目を瞑《つぶ》りながら。

学院時代、アルブレヒトは多くの女生徒の関心を集めていたようで、視線を感じることも多ければ、手紙やプレゼントも頻繁に送られた。

それだけならまだいいが、その中には自分の魔法でアルブレヒトの心をも操作しようとする人間もいた。

勿論、そんなものはアルブレヒトには通用しない。惚《ほ》れ薬を開発しようとした魔法使いはこれまで何人もいるが、成功した者はいない。一時的に相手の興奮を高めることはできても、長続きはしないからだ。

人を好きになるという心の動きはとても繊細で、他者がどうこうしようと思っても簡単に動かせるものではない。誰かを好きになるという感情は、自分自身でさえ操作することはできないからだ。

＊＊＊

「それでね、お父様がね、お兄様と結婚した後はいくつかの会社の経営権も譲ってくださるって仰っていてね……」

王都の中心地にある最近できたこのカフェは、若い女性たちの人気が高いようだが、飲み物一つとっても値が張るため、なかなか入ろうとする人間はいない。

勿論、貿易で莫大な資産を築いた父親を持ったティルダにとっては、そんなものは関係のない話だろう。

「……会社？　お前が経営するのか？」

「いいえ、お兄様が経営するのよ。軍のお仕事は大変でしょう？　勿論、大切なお仕事だとは思うけど、別に王族であるお兄様がその仕事をなさらなくても……」

「王族だからこそ、危険な任務に時としてつくことも重要だと俺は思うが？」

アルブレヒトが少し強く言えば、ティルダの顔色が変わった。

「そ、そうよね。経営権を譲ってもらっても、お兄様が経営をするのはもう少し先でもいいわよね」

誤魔化すように言ったものの、ティルダの本心は先ほどの言葉で十分にわかった。つらく大変な仕事よりも、金銭を得ることができる仕事の方が重要だと、そう言いたいのだろう。

金を稼ぐことは大切だし、アルブレヒトもその点に関しては否定するつもりはない。ただ、やはりティルダとは価値観が共有できないと、そんなふうに思ってしまった。

以前ならば、ティルダの言葉をいちいち気にしたりはしなかっただろう。最初から、ティルダに対して価値観を共有することを求めていなかったからだ。

だが、今は違った。話すたびに、アルブレヒトの中で、違う、やはり彼女ではないと、そんな気持ちが心に過る。

では、ティルダでなければ誰なのか。

「……とりあえず、この件に関してはウィバリー伯爵とも今度話しておく。そもそも、会社経営を成功させているのは伯爵だ。まるで、自分のものであるかのように口にするべきではないんじゃないか」

「ご、ごめんなさい……」

アルブレヒトの言葉に、びくりとティルダが肩を震わせた。

まずい、言いすぎた。これでは、八つ当たりと一緒だ。

「いや、俺の方こそ悪かった……。お前は、俺のことを考えて言ってくれたのにな」

アルブレヒトがそう言えば、ティルダは目に見えてホッとしたような顔をした。けれど、それを見てもアルブレヒトの心は晴れなかった。

ティルダはその後も楽しそうに最近自分が興味のあるものに関して話していたが、アルブレヒトの興味が惹かれるものはなかった。

別に、ティルダの話す内容に興味がないわけではない。単純に、自分がティルダに対して興味が持てないだけだろう。

家まで送るつもりだったが、この後姉との約束があるというティルダと店の前で別れた時には、正直ホッとした気分になった。

屋敷の人間からは、帰宅する際には馬車を呼んで欲しいと言われていたが、歩いて三十分とかからない距離であるため、アルブレヒトは自分で歩いて帰ることを選んだ。

その途中、ふと通りの向こうに自分が今一番気になっているであろう人物の姿が目に入った。

あ……。

そういえば、今日はタイミングが合わなかったこともあり、一度もリーラに会えていなかった。声をかけてみようか、もしよかった夕食に誘ってみようか。母の主治医をしているのだから、不自然ではないはずだ。

そんなふうに言い訳じみたことを考えていると、ふとリーラが誰かと手をつないでいることに気づいた。

「え……？」

リーラの向こう側には、リーラと同じ髪色をした幼子の姿が見えた。

＊＊＊

どうして、自分がこんなふうに苛立ちを感じているのか、アルブレヒトにはわからなかった。

リーラは今年二十五になるはずだ。結婚して子供がいてもおかしくはないだろう。それなのに、どうしてこんなふうに裏切られたような気分になっているのか。

いや、そもそもあの子供は本当にリーラの子供なのだろうか。遠目に見ただけで、顔まではっきりとは見えなかった。もしかしたら、親戚《しんせき》の子供ではないだろうか。

答えの出ないことを悩むのは自分の性に合わない。次にリーラに会うことがあれば聞いてみよう。

他人のプライバシーに立ち入ることへの抵抗はあったが、それよりもリーラが結婚しているかどうか、そのことの方がアルブレヒトには重要だった。

幸いにも、アルブレヒトはその二日後にリーラに会うことができた。

母の部屋に顔を出していると、ちょうど診察に来たリーラと顔を合わせることになったのだ。

リーラが現れると、母はとても嬉しそうな顔をする。それこそ、自分が来るよりもよっぽど嬉しそうだ。

昼過ぎにまた診に来るというリーラと母の会話を聞きながら、リーラが部屋を出るタイミングで、アルブレヒトは声をかけた。

「リーラ」

「はい」

「少し話があるんだが……この後、時間はあるか？」

「ええ、少しでしたら……」

決して嫌がっているわけではいないものの、喜んでいるようには見えない。

これまで自分が声をかけて喜ばない人間というのは滅多にいなかった。それは王子という自身の立場に依るところも大きいのだが。勿論、中には負の感情を持つ者はいたが、そんな人間に対しても特に何も感じなかった。

けれど、リーラが自分に対して関心を持っていないこと、それに対しアルブレヒトは少なからず傷ついていた。

「あの……お話というのは」

王宮内にはいくつもの部屋があり、その中には来客をもてなすための部屋や文官同士が打ち合わせを行う部屋もある。アルブレヒトが選んだのは母の部屋からも近く、自分が日頃休憩をする際に使っている部屋だった。

リーラを室内に入れ、長椅子に座るように促すと、部屋全体に魔法をかける。

部屋の記憶を後で見られないための、主に機密を話す際に使われる魔法だが、なんとなくリーラと自分の話を他の人間に見られたくなかったのだ。

青い光がほんの一瞬、部屋全体を包み込む。

そして、リーラに視線を向け、アルブレヒトはその切れ長の瞳を見開いた。リーラがひどく驚いたような顔をしていたからだ。こんなふうに動揺している彼を見るのは、初めてだった。

「この魔法を見るのは、初めてだったか？」

この部屋はそれほど広くはないが、それなりに魔法力を要するため、誰もが使える魔法というわけではない。

「あ、いえ……以前にも、何度か見たことはあります」

そう言ったリーラの表情はどこか懐かしそうで、けれど哀し気に見えた。そしてその表情を見たアルブレヒトの心は、ざわついた。

なんとなく話題をそらした方がいいと思い、アルブレヒトから口を開く。

「話といっても、そこまで込み入った話じゃないんだ……母に関するものではなく。だから、その……」

リーラが、不思議そうにアルブレヒトを見つめている。

「リーラは、結婚をしているのか？」

もう、単刀直入に聞いた方がいいだろう。そう思い尋ねれば、リーラは呆《ほう》けたような顔をして、次に慌てたように首を振った。

「いえ、しておりませんが……」

「そ、そうか……」

安堵《あんど》の息が零れる。

「いや、実は街でお前が小さな子供と一緒にいるのを見かけてな。てっきりお前の子かと勘違いをしてしまった」

悪かったと謝ろうとする前に、先にリーラが口を開いた。

「あ、いえ……その子は僕の子供です」

「はあ⁉」

思った以上に自分の声は大きかったようで、リーラが肩を震わせた。

「子供を、引き取って育てているということか？」

「正真正銘、僕の子供です」

「結婚をしていないのにか⁉　相手は⁉」

思わず身を乗り出し、肩を摑んで問い詰めてしまう。

けれど、すぐ近くにリーラの困惑している表情が見え、慌てて肩から手を放す。

ほんの一瞬近づいただけで、リーラからはとても良いかおりがした。アルブレヒトはアルファであるにもかかわらず、オメガのかおりにはそれほど惹かれない。けれど、なぜかリーラのにおいは心地よいと思った。かおりがするということは、おそらく他のアルファとは番になっていないはずだ。

「相手の方は……もう、二度と会えない方です……」

っていく。


「死別したということか？」

「そういう、わけではないのですが……」

どうにもはっきりしないリーラの口ぶりに、アルブレヒトの中の苛立ちはどんどん高まっていく。

「その相手のことを、まだ想っているということか？」

アルブレヒトの問いに、リーラは一瞬躊躇い、けれどしっかり頷いた。

自分の目の前が真っ赤になるのをアルブレヒトは感じた。

「なんでそんな相手のことを……！　子供を作っておきながら、お前のことを放っておき、さらに番にもしなかったのだろう⁉　どうしてそんな相手を……！」

我慢ができず、感情のまま声を荒らげる。けれど、その直後にアルブレヒトは後悔した。

リーラの表情は凍りつき、その瞳にはうっすらと涙が浮かんでいた。

何か言わなければ。そう思ってはいるのに、リーラの涙に動揺してしまったアルブレヒトの口からはなんの言葉も出てこなかった。

「……殿下には、関係のないお話だと思いますが」

それだけ言うと、リーラは立ち上がり、そのまま部屋を出ていってしまった。

一人残されたアルブレヒトは、深い後悔と罪悪感で、ぐったりと椅子に座り込んだ。最低な気分だった。

軍の中でも、騎士団は魔法を使うことが多いため、訓練ができる場所は限られている。森林で火の魔法を使えば山火事になる可能性もあるし、風の魔法は人がいる場所で使えば被害が及ぶ可能性もある。

近代兵器は日々発展しており、魔法の力はそれほど必要としないという考え方もあるが、リューベックが大国となれたのは魔法の力が大きい。

それに、魔法は使えば自身も疲労の蓄積や相手を攻撃したという感触が残るが、兵器にはそれがない。

戦いなのだから仕方がないとはいえ、相手を攻撃し、時に殺《あや》めるという行為を兵器がしてしまうというのは、相手の命に対する冒瀆《ぼうとく》ではないだろうか。

だからアルブレヒトは、騎士団の人間にも魔法はいざという時に使えるよう鍛えておくべきだと日頃から口にしている。

＊＊＊

まだ士官学校を出たばかりの自分が騎士団長を務めているのは、王子という立場があるからだ。けれど、できれば立場ではなくアルブレヒト自身に対する信頼が欲しかった。だから、常に仕事に対しては真摯《しんし》に向き合っているのだが。

「……この訓練計画を、お前は実際に実行できると思うのか？」

提出された書類に対し思わずそう言えば、目の前に立っていた軍服姿の青年は慌てたように背筋を伸ばした。

「な、何か問題がありましたでしょうか？」

「大ありだ。まず、天候の確認は行ったのか？　火の魔法を使うというのに、雨の中で使ったらなんの意味もないと思うが」

アルブレヒトがそう言えば、青年は慌てたように書類の日付を見た。

「も、申し訳ありません。今一度、確認をしてまいります！」

そう言って一礼し、慌てて部屋を退出していった。

青年が出ていった途端、アルブレヒトはすぐ近くで仕事を行っている秘書官に声をかける。

「今の言い方は、少しきつかっただろうか？」

「いえ、軍隊なのですからあれくらいは普通でしょう。とはいえ、殿下にしては珍しかったですね」

王子という自分の立場は、ただでさえ周囲の人間が臆《おく》しやすい。だからなるべく、感情的にならずに穏やかに相手には伝えるようにしていたつもりだ。特に自身の感情を、仕事にぶつけてはいけない。そう思っていたのに、どうも調子が上がらない。

原因はわかっていた。数日前リーラと話し、思い切り拒絶をされてからだ。

あれ以来、なんとかリーラともう一度話をしようと思っても、やんわりと拒まれてしまっている。傷つけてしまったことを謝りたいのに、その機会すら与えてはくれない。どうしたら、彼の許しを得られるのか。

最近はそんなことばかり考えてしまっている。

「何かお悩みですか？」

「いや……そういうわけではないんだが……」

「お身体の調子が悪いわけではないですよね？」

「それはない、身体だけは丈夫にできているからな」

アルブレヒトがそう言えば、初老の秘書官は小さく笑った。

「それはよかったです。殿下は、バルドゥール公爵をご存じですか？」

「幼い頃、一度だけ屋敷に招待されたことがあるな。さすが元将軍というだけのことはあり、屈強な老人だったという印象だ」

バルドゥール家は、アルブレヒトの母である第二王妃と、エーベルシュタインの母である第一王妃の生家に並ぶ三大公爵家の一つだ。

次代の王は国王と三人の公爵との話し合いで決められるため、バルドゥール家の存在感は大きい。

息子が二人いて、どちらも領主として地方を収めているはずだ。末娘が一人いたというが、若くして亡くなったと聞いていた。

そのため、バルドゥール家で一番力があるのは現状、公爵である将軍だ。

エーベルシュタインなど、頻繁に屋敷に顔を出しているという話を聞くが、気難しい老人であるためあまり相手にされていないようだ。

アルブレヒトは軍にいた頃のバルドゥール公爵のことは知らない。だが、とにかく厳しかったと有名で、今でもその存在は恐れられている。けれど、同時にとても敬愛もされていたようで、悪い噂《うわさ》はこれといって聞いたことがなかった。

「その公爵が、最近テペラ病にかかってしまったらしく……」

「ご年齢がご年齢だからな。だが、今の医学なら良い治療法も出ているという話だし、問題ないだろう」

「それが、以前の治療法の印象があまりにも強いせいか、治療を拒否しているそうなんですよ。どうせ老い先短いのだから、つらい治療はしたくないと」

「頑固な将軍らしいな……」

言いながら、ふと思いつく。公爵の治療を行う上で、最適な人物が頭に浮かんだからだ。

「フランツ」

「はい」

「今日は急ぎの仕事はもうないな？　悪いが、今日は先に帰る」

言いながら机の上の書類を片づけ、身支度を始める。いつになく急いでいるアルブレヒトに、フランツは特に驚いた様子もなく、

「かしこまりました。後のことは、お任せください」

と丁寧に礼をした。

フランツが優秀な秘書官で助かった。アルブレヒトは最後にもう一度フランツに礼を言うと、慌ただしく自身の執務室を出ていった。

10

母の部屋の前まで来れば、ちょうどリーラがドアから出てくるところだった。

アルブレヒトの存在に気づき、小さく頭を下げると、そのままその場を去ろうとする。

「リーラ」

思わず、アルブレヒトはリーラの腕を掴んでしまった。

思った以上にその腕が細かったこと、けれど、どこかその感触に覚えがあることに驚く。

「あの……？」

戸惑ったようなリーラの声が聞こえ、慌てて手を放す。そして、まっすぐにリーラを見つめ、頭を下げる。

「この間のことは、本当にすまなかった」

はっきりと、誤魔化すことなく謝罪の言葉を口にする。

「お前の気持ちも考えず、無神経なことを色々言ってしまった」

リーラは何も言わなかった。やはり、未だ自分への怒りは収まらないのかと、気落ちする。

「か、顔を上げてください、殿下。もう、気にしていませんから」

言われた通り顔を上げれば、リーラの元々大きめのその瞳が見開いていた。どうやら、驚いて言葉も出なかったようだ。

「僕の方こそ、子供みたいに意地になってしまってすみませんでした……」

「いや、それはいいんだ。悪いのは、俺なのだから」

アルブレヒトがそう言うと、リーラは僅かに笑みを浮かべてくれた。

「王妃様に会いにいらっしゃったんですよね？　だけど、今ちょうどお休みになられていて……」

「どこか悪いのか？」

テペラ病がひどい時期には、母は一日の大半を寝台の上で寝て過ごしていた。

最近はこの時間に休んでいることはほとんどなかった。

「いいえ、お元気ですよ。ただ、午前に息子の相手をしてくださったこともあって、お疲れになってしまったみたいです」

「そ、そうか。それはよかった……」

リーラの言葉は、少し意外だった。母は子供が嫌いではなかったようだが、特別好きだった印象はない。

「夕食の時には起こして欲しいとのことでしたが、それまで待っていかれますか？」

「あ、いや。特に体調を崩していないならいい。それより、今日はお前に頼みがあって来たんだ」

アルブレヒトの言葉に、リーラは少しだけ首を傾げた。

「僕に……ですか？」

「ああ、実は……」

バルドゥール公爵がテペラ病を患《わずら》っていること、以前の治療法の印象が強く、治療を拒否してしまっていること、それらの一つ一つを説明する。

「おそらく大丈夫だとは思うのですが……エーベルシュタイン殿下に一応確認をしたいのですが」

リーラの口から出てきたエーベルシュタインの名にムッとしたが、顔には出さぬように努める。

「いや、エーベルシュタインに知られれば少しややこしいことになる。母上には説明をしておくから、あくまで母上の診療に集中したいということでエーベルシュタインには説明してもらえるか？　俺の方からも頼んでおくから」

「かしこまりました」

エーベルシュタインのことだ。この話を聞けば、間違いなく自分がリーラとともにバルドゥール公爵のもとを訪れると言い出すだろう。

別にバルドゥール公爵の好感を得たいわけではなかったが、リーラとエーベルシュタインが二人で出かける機会を作るのは面白くなかった。

いや、違う。自分が、リーラと二人でバルドゥール公爵のもとへ行きたかったのだ。

バルドゥール公爵にも確認をとらなければならないため、後でまた正式な訪問日を知らせるとリーラに伝える。

リーラは快く了承し、研究所へと戻っていった。

後ろ姿を見送りながら、アルブレヒトは口元がにやけそうになるのを懸命に堪《こら》えた。

あくまでバルドゥール公爵の病の治療のためだとはいえ、リーラと二人だけで出かける約束ができたことが、たまらなく嬉しい。

先ほどまでの鬱々《うつうつ》とした、苛立った気持ちは嘘《うそ》のようになくなっていた。

＊＊＊

バルドゥール公爵の屋敷は王宮からは少し離れた場所にあるため、馬車を使うことにした。比較的華美でないものを選んだが、リーラは王家の紋章が入った馬車に明らかに気後れしていた。

狭い空間にいるからか、いつもよりもリーラのにおいを強く感じ、胸がさわぐ。

目の前に座るリーラを見れば、興味深そうに窓から外を眺めていた。

公爵家への訪問を行うからだろう、普段よりも少しだけ余所行《よそゆ》きの服を着たリーラは品があり、貴族の子弟だと言われても違和感がなかった。

身分や立場で人を判断するつもりは毛頭ないが、リーラにはあまり平民らしさが感じられない。

「バルドゥール公爵は気難しい方ではあるんだが……一応、話は聞いてくれるそうだ」

実際は、説得に随分時間がかかった。王宮から何度か使いの者を送ったものの、バルドゥールは頑なに拒み、最終的にかつての部下であるフランツが足を運んでようやく納得してくれた。しかも、あくまで話を聞くというだけで、治療を了承したわけではない。

「そうですか、それでは頑張って公爵を説得しなければいけませんね」

訪問までにしばらく時間を要したことで、なんとなく状況はリーラにもわかっているのだろう。けれど、それを聞いてもリーラは嫌な顔一つしなかった。医師としての仕事にそれだけ誇りを持っているのだろう。

もっと色々なことを話したい、そう思い、なんとか会話を途切れさせないようにしたものの、バルドゥールの屋敷にはすぐに到着してしまった。

幼い頃に一度だけ訪れただけだったが、バルドゥールの屋敷のことをアルブレヒトはほぼんやりと覚えていた。その頃にはまだ夫人も生きていたはずだが、立派な屋敷は静かで、子供心にどこか寂しく感じたからだ。

あの時は、確か父である王に連れられての訪問だったはずだ。

ただ、その冷たい屋敷とは対照的に、バルドゥールの家の庭は素晴らしく整えられており、美しかった。春真っ盛りということもあり、色とりどりの花が咲く庭を、ゆっくりとリーラと二人で歩いていく。

アルブレヒトはそれほど花には詳しくはないが、リーラはたくさんの花の名前を知っているようで、嬉しそうに一つ一つの花の名を呼んでいた。

「随分詳しいんだな……やはり、薬草に使えるからか？」

リーラは魔法が使えるものの、オメガであるということもあり、身体の中の魔法量は多くない。そのため、薬草や医療技術といった面に力を入れたそうだ。

「あ、いえそれもあるのですが……。母がとても花が好きで、僕の家の庭には、たくさんの花が咲いていたんです」

そう言うと、懐かしそうにリーラは微笑んだ。

「そうか……お前の母親なら、さぞや美しいんだろうな」

「はい、息子の僕から見ても、とても美しい人でした。幼い頃に、亡くなってしまいましたが」

「……すまなかった」

知らなかった話だった。すぐに謝れば、リーラはゆっくりと首を振った。

「元々身体の弱い人だったんですが、地方にはなかなか医療の手が行き届かなくて……。母のような人を一人でもなくしたくて、医師を志したんです。ですから、アルブレヒト殿下が地方に医師を派遣するよう言ってくれて、とても嬉しかったんです」

「いや……ようやく約束を守ることができて俺も嬉しい」

自然と自分の口から出た言葉に驚いたのはアルブレヒトだった。リーラも同様に、目を瞠《みは》っている。

約束、一体なんのことだ。

「アルブレヒト、殿下……？」

名前を呼ばれ、まじまじとリーラの顔を見つめる。けれどアルブレヒトが口を開こうとすれば、ちょうどその時屋敷から出てきた使用人によって声をかけられた。バルドゥール家の執事は高齢の男性だったはずだから、彼はおそらくその使いで来たのだろう。

使用人に促されるまま、アルブレヒトはリーラとともに屋敷の中へと足を踏み入れた。

客間に招待されたアルブレヒトは、リーラと並んで長椅子に座ってバルドゥール公爵を待った。

最近は、起きているのにも体力を使うため、寝ている時間が長いそうだ。

思った以上に病の進行が速いのかもしれない、早く治療を始めないと、そんなふうにリーラが呟いた。

「全く、治療はいらんというのに……！　第一王子だか第二王子だか知らんが、私のことは放っておけ」

「旦那《だんな》様、もう少し声を抑えて……」

しゃがれた不機嫌そうな声が、アルブレヒトの耳に聞こえてきた。リーラが怒鳴りつけられるようなことがあったらどうしよう、と心配になる。

けれど、リーラはバルドゥール公爵の話を聞いても全く動じていないようだった。

「足元にお気をつけください、旦那様」

「うるさい、人を年寄扱いするな」

半ば怒鳴るようにして、バルドゥール公爵は部屋の中へと入ってきた。

テペラ病はあちらこちらに痛みが出てくるため、精神的にも不安定になってしまう人間が多いという。母も最初の頃はヒステリックに周囲に当たり散らすことがあった。

まだ発症して時間が経っていないからだろう。以前よりは痩せてはいるものの、元々の体躯《たいく》が良いためか、バルドゥール公爵は想像していたよりもしっかりしていた。

ムッとしたまま、こちらへ歩いてくる途中だった。慣れない杖《つえ》を使っているためだろう、まっすぐに立つことができず、身体のバランスを崩してしまったようだ。

危ない！

アルブレヒトがそう思った時には、既にリーラが立ち上がり、バルドゥール公爵の前まで出ていた。両手を使い、バルドゥール公爵が倒れないように支えれば、なんとか公爵は姿勢を保てたようだ。

自分よりも小柄な青年に助けられたということが、公爵としては気にくわなかったらしい。

「よ、余計なことを……」

声を荒らげ、怒鳴りつけるつもりだったのだろう。けれど、不機嫌に歪んでいた公爵の表情は、リーラの顔を見た瞬間、硬直した。

「大丈夫ですか？　立てますか？」

何も言わない公爵に、リーラはもう一度問いかけた。

「あ、ああ……大丈夫だ。だが、手を貸してもらえるか？」

アルブレヒトは、公爵から出た言葉に驚愕《きょうがく》を覚えた。

心根の美しいリーラとともにいれば、頑固な公爵も少しずつリーラに対し心を開くと思っていた。それでも、初対面はやはり頑なな対応をするものだと思っていたからだ。

「はい、勿論です」

リーラが差し出した手を公爵は素直に取り、ゆっくりと自分の椅子へと歩き始めた。

アルブレヒトは、その光景をただ呆然《ぼうぜん》と見守ることしかできなかった。

その後も、公爵はリーラの丁寧な説明を聞き、治療をするということで納得をした。

何度か足を運ばなければならないと思っていたアルブレヒトとしては、拍子抜けではあった。

年老いた公爵が、リーラに心惹かれたのだろうか、そんな考えが頭を過ったが、リーラを見つめる公爵の瞳からはそういった邪《よこしま》なものは感じられなかった。

むしろ、慈愛を含んだその視線は、親が子を見守るようなものに似ていた。

公爵の子供たちはとうに成人しているが、一人は未だ独身で、もう一人は子供には恵まれなかったはずだ。リーラのことを、孫のように感じたのだろうか。

そんなアルブレヒトの疑問は、二人が話している間に執事の話を聞いたことで解決した。

「殿下、彼は一体何者なんですか……？」

「何者と言われても……母の主治医を任せている者だが」

「驚きましたよ、世の中にあんなにも似ている人間がいるのですね」

「どういう意味だ？」

執事は目配せをし、アルブレヒトに立ち上がるように促す。

「少し、殿下を庭に案内してきます」

「はい、わかりました」

リーラは、自身が持ってきた資料を示しながら、公爵に対して治療の説明を行っていた。もう少し時間がかかると思ったのだろう。

アルブレヒトが執事に案内されたのは、屋敷の一番奥の部屋だった。光がよく入るその部屋は、壁紙や家具に白やピンクといった淡い色が多く使われていた。

「ここは旦那様の娘のマリエール様の部屋でした」

言いながら、執事は部屋の中央にある大きな絵画へと視線を向けた。同様に、アルブレヒトもそちらを見る。

「……リーラ？」

目にした瞬間、思わず呟いてしまった。

紫色の瞳にブルネットの髪、ドレスを纏《まと》った女性は、リーラにあまりにも似ていた。

幸せそうな笑みを浮かべた女性は美しく、その胸元には水色の宝石が光っていた。

以前にも、一度見たことがあるような……。いや、一度ではなく二度だったたか……？

「最初彼を見た時には、目を疑いました。あまりにマリエール様に生き写しだからです」

執事の言葉で、慌てたように我に返る。

よく見れば、髪の色はリーラの方が濃いし、頬も僅かではあるがすっきりとしている。

けれど、違いなど僅かなもので、まるでリーラがドレスに着替え、肖像画の中に入ってしまったのではないかというほど似ていた。

「マリエール殿は、今は？」

「二十五年以上前、他国の人間と恋に落ち、駆け落ちをしてしまったきりです。旦那様は、結婚を反対したことを、今でも後悔しております」

なるほど、いなくなってしまった愛娘《まなむすめ》に似ていたリーラに対しては、公爵もきつい物言いはできなかったのだろう。

「アルブレヒト殿下、ご無理を承知で申し上げますが、これからリーラ殿に定期的に屋敷に来ていただくことは可能でしょうか？」

「え？」

「見ての通り、旦那様はテペラ病を患っておいでですが、これまで治療には全くといっていいほど興味を持ちませんでした。どんな医師が来ても、話を聞こうとすらしなかったのです。けれど、リーラ殿に対してだけは違った。給金もお支払いしますし、馬車もこちらから出します。だから、どうかよろしくお願いいたします」

年老いた執事は、深々とアルブレヒトに頭を下げた。公爵のことを、心から大切に思っているのだろう。

「最初から、リーラはそのつもりで来ている。医学研究所へは俺から伝えておく」

おそらく、ここまで頻繁になれば母の主治医の仕事だけでは誤魔化しきれないだろう。本音を言えば、エーベルシュタインに話すのはあまり気が進まなかったが、仕方がなかった。

アルブレヒトがそう言えば、もう一度執事は礼を言った。

＊＊＊

リーラの治療法を素直に聞き入れているからだろう、公爵の身体の調子は日に日によくなっていった。

最初の数回は、一応アルブレヒトもリーラに同行したのだが、そのうち公爵から次からはリーラだけでかまわないと言われてしまった。

『騎士団を率いる者が、頻繁に出かけてばかりいてどうする』

かつて自身もその地位にいたためか、王子であるアルブレヒトに臆することなく公爵はそう言った。リーラのことも、責任をもって送迎を行うと強く言われた。

実際、リーラに公爵の様子を聞けば、治療は順調に進んでいるという報告をされた。

杖がなくとも短い距離であれば歩けるようになり、治療以外にも、食事を一緒にしたり、少しの間であれば街に出かけたりもしているらしい。

まるで、我が子や孫のような扱いだ。

このままアルブレヒトが何もせずとも、おそらく公爵の病は改善していくだろう。医師としてのリーラのことは、アルブレヒトも尊敬している。けれど、偏屈な公爵のことだ。それこそ機嫌を悪くし、リーラを困らせているかもしれない。

何かしら理由をつけてはいるが、ようはアルブレヒト自身がリーラのことが気になっているのだ。

だから、午前のうちの騎士団の仕事を終えたアルブレヒトは、数カ月ぶりにバルドゥール公爵のもとを訪れることにした。


久しぶりに見る公爵の屋敷の庭は、相変わらず隅々まで整えられており、美しかった。

春から夏に変わったことにより、咲いている花々も春のものとはだいぶ入れ替わっていた。おそらく、リーラならその一つ一つの花の名前を説明できるのだろう。

広い庭を歩きながら屋敷へと向かえば、ちょうど屋敷の方から来た人間とすれ違った。

アルブレヒトの視力はとても良い。相手の顔がはっきりするにつれ、アルブレヒトの顔も険しくなっていく。そしてそれは、相手も同様だった。

「……どうしてお前がここに？」

「それはこちらの台詞《せりふ》だ。まだ懲りずに公爵のもとへ通っていたのか？」

忌々しそうな顔で言うエーベルシュタインを、鼻で笑う。

アルブレヒトの言葉に、エーベルシュタインの眉間《みけん》の皺がますます深くなる。

「リーラの様子を見に来ただけだ。一応、彼の上司だからな」

「部下なら他にもいるだろうに、特別扱いをすれば、リーラが悪目立ちをすると思わなかったのか？」

アルブレヒトとしては、さり気なく口にした言葉だった。けれどそれを口にした時、エーベルシュタインはまるで幽霊か何かを見るような顔をしてアルブレヒトを見た。

「学院時代じゃないんだ、そんなことが問題になることはない……」

それだけ言うと、アルブレヒトの方には目もくれず、庭の方へと歩いていった。

珍しく簡単に引き下がったエーベルシュタインを不思議に思いつつも、アルブレヒトは屋敷への道を急いだ。

そして、扉を開けようとすれば、中からちょうどリーラが出てくるところだった。

「あ、アルブレヒト殿下……」

アルブレヒトの存在に気づくと、リーラは僅かに微笑んだ。最近は、以前よりも笑顔を見せてくれるようにはなっている。

少し前までは、話しかけても困ったような笑みを浮かべることが多かったため、アルブレヒトは嬉しく思っていた。

「もう、王宮へ戻るのか？」

「いいえ、公爵様に頼まれて、庭に花を摘みに来たんです」

「そうか、それなら俺も手伝おう」

「少しだけなので、大丈夫ですよ」

リーラは苦笑いを浮かべたが、結局アルブレヒトはリーラについていくことにした。

最近は気温の高い日が続いている上に、雨も少ない。そのため、庭師があちらこちらで水撒《みずま》きをしていた。

明るい日差しの中、リーラの黒色の髪が艶やかな光の輪をつくっているのを、アルブレヒトはぼんやりと眺める。

すると、ちょうどリーラの胸元で、何かが光った。

「……アルブレヒト殿下？」

「少し、そのままでいてくれ」

リーラの胸元のポケットには、何かピンのようなものが刺さっていた。

「あ、すみません、ズレちゃったみたいで……」

アルブレヒトが手に取った銀色のピンを受け取ろうと、リーラが手を伸ばす。

「これは？」

「エーベルシュタイン殿下に頂いたんです。なんでも優秀な医官に与えられるとか」

少し誇らしげに、リーラは言った。けれど、アルブレヒトは内心苛立つ。

「確かにこれは毎年優秀な医官に授与されるものだが、研究所での勤続が一年以上という条件があったはずだ。明らかな規則違反だろう」

「それは、そうですが……」

「特例を作るのはよくない。お前は確かに優秀な医師だが、この賞を受け取る条件を満たしていない」

アルブレヒトがそう言えば、リーラの表情は目に見えて落ち込んだ。

「わかりました、こちらは僕から殿下に返しておきます」

「いや、これは俺がエーベルシュタインに返す」

アルブレヒトの言葉に、さすがのリーラもムッとしたのだろう。リーラとしては、自分が受け取ったものなのだから自分の手でエーベルシュタインに返したかったはずだ。けれど、アルブレヒトはリーラとエーベルシュタインが接する機会は極力減らしたかった。

「先に屋敷に戻ります」

花束を抱えたリーラは、ズンズンと前へ進んでいく。明らかに怒っているその様子にアルブレヒトは戸惑い、後を追う。さらに、リーラの進行方向に庭師の姿が見えたこともあり、慌てて声をかける。

「リーラ」

バシャン。

アルブレヒトが予想していた通り、庭師が近くの木にやろうとした水のほとんどが、リーラへとかかってしまった。

「も、申し訳ありません……！」

まだ若い庭師が、全身を水で濡《ぬ》らしたリーラに慌てたように頭を下げる。

「いえ、大丈夫です……ただの水ですから。すぐに乾くでしょう」

リーラとしては、庭師に負担をかけぬよう、言ったのだろう。けれど、屋敷へと戻る途中、リーラは小さなくしゃみを何度か繰り返した。

「……公爵には俺から頼んでおくから、湯浴みをした方がいい」

「ですが……」

自身の着ていた上着を脱ぎ、リーラの肩にかける。

「濡れてしまいます」

恐縮したように、リーラが言った。

「ただの水だ。すぐに乾く」

先ほどのリーラと同じことを口にすれば、口元が僅かに緩んだ。

「ありがとうございます」

礼を言われたことに、アルブレヒトは内心ホッとした。

「一体、どうなさったのですか!?」

恰幅《かっぷく》のよいメイドの女性が、リーラの姿を見て驚く。

「それが……僕が余所見をしていて庭師の方の水がかかってしまって……」

「まあまあ、お気をつけくださいませ。初夏とはいえ、まだお寒いでしょう？　すぐに湯浴みを用意いたします」

実際、余所見をしていたのは庭師の方だろう。リーラも少し注意力が不足していたとはいえ、水を扱っているなら人にかからないように気をつけなければならないのは庭師だ。

もし庭師の不注意だということがわかれば、おそらく叱《しか》られるのは庭師だろう。

けれど、リーラはそれがわかっていたから、あくまで自分の非を口にしたのだ。さり気ない言葉の中にも、周りの人間への優しさを感じる。そしてそんなリーラの中にある優しさに触れるたびに、アルブレヒトの心の中も温かい気持ちになる。

「リーラ様、どうぞお入りください」

「ありがとうございます」

自然なやりとりに、この短期間にリーラが公爵家に受け入れられているのを察する。

そういえば、以前よりもこの屋敷は随分明るくなった。

そのまま、アルブレヒトはリーラの湯浴みが終わるのを待っている予定だったのだが、先ほどリーラに貸した軍服の上着に、フランツから渡された控書を入れていたことを思い出す。確か、来年度の騎士団の予算の概略をまとめたもので、帰り際に渡されたため、ついそのまま上着のポケットに入れてしまったのだ。

上着自体は水がかかったわけではないため、大丈夫だとは思うが、一応確認のため、リーラが湯浴みをしている部屋へ向かう。

部屋に入る直前、一瞬躊躇《ちゅうちょ》してしまったのは、おそらく相手がオメガであるリーラだからだろう。

アルブレヒトは咳払いをすると、素早くノックをする。

「リーラ、悪いが上着の中に控書を入れてしまっていたんだ。そちらを取りに行ってもいいか」

リーラの答えはすぐに返ってきた。

「あ、はい。大丈夫です」

アルブレヒトがドアを開ければ、浴槽は仕切りの奥にあるようで、視界に入ってきたのはいくつかの籠《かご》だった。

籠の中にある、丁寧に畳まれていた自身の上着を手に取る。その時、籠の中に何か光るものを見つけた。

上着の下に置かれていたのは、宝石のついたネックレスだった。

普段のリーラは装飾品をほとんどつけておらず、興味もないようだった。だからこそ、その存在が気になった。

さり気なく手を伸ばしよく見れば、ネックレスの中心についているのは水色の宝石だった。水色の宝石のついたネックレスは、数カ月前に見た、この屋敷の令嬢の肖像画がつけていたものとよく似ていた。

まさか、という思いが過り、宝石をまじまじと見つめる。

アルブレヒトの瞳が、これ以上ないほど見開かれた。

間違いない。水色の宝石の周りのレリーフが、公爵家の紋章をモチーフにしたものとなっている。このネックレスはバルドゥール家のものだ。

＊＊＊

湯浴みを終えたリーラを連れ、アルブレヒトはバルドゥール公爵、そして執事とともに客間で向かい合っていた。

公爵とは既に打ち解けているとはいえ、改まった席だからだろう、リーラの表情は、少しだけ緊張していた。

「一体なんだ？　改まって」

「公爵、こちらに見覚えはありますか？」

そう言って身を乗り出し、先ほどのネックレスを公爵に差しだす。

「これは……！　どこでこれを⁉」

公爵の表情が目に見えて変わった。

「このネックレスは、バルドゥール家の娘に代々引き継がれているものだ」

信じられないとばかりに、公爵はネックレスをじっと見つめている。

「リーラ、このネックレスをいつから持っているんだ？」

「わかりません。母がずっとしていたネックレスで……唯一の母の形見なんです」

「母親の名前は⁉」

リーラの言葉に反応したのは、公爵だった。

「マリー……マリエールです」

恐る恐るリーラが口にした名前に、公爵も、そしてアルブレヒトも驚愕する。

その名前は、かつてこの屋敷に住んでいたという、肖像画の女性と同じものだった。

なんとか冷静さを保ちつつ、公爵はゆっくりとリーラにいくつかの質問を行っていた。

リーラが住んでいる村の名前、母親の特徴……一つ一つを確認するたびに、公爵は噛《か》みしめるように頷いた。

バブルス村は隣国との国境沿いにあり、隣国はマリエールが結婚を望んだ相手の国だった。

リーラが説明する母親の髪の色や目の色、それらは全て、先日見た肖像画の女性に当てはまるものだった。

それから公爵は、ゆっくりと二十年以上前、マリエールの身の上に起こったことを話し始めた。

元々マリエールは現国王の許嫁《いいなずけ》の最有力候補とされており、国王自身もマリエールのことを憎からず思っているようだった。

けれど、マリエールが恋をしたのは、別の相手だった。その相手は、隣国からリューベックに留学に来ている男性で、身なりこそ良いものの、あらゆる部分が謎《なぞ》に包まれていた。

もしかしたらマリエールは聞いていたのかもしれないが、頑なに公爵に対しては口を開こうとしなかった。

公爵がどんなに反対をしても、マリエールの意思は固く、ついには子供を身籠るにいたった。

激怒した公爵は、マリエールを修道院へ入れ、子供が生まれた後はどこかへ養子に出すつもりでいた。けれど、それを拒んだマリエールは相手の男性とともに、この国を出ようとした。

後々調べて分かったことだが、二人の乗った馬車は国境沿いで事故にあったようで、馬車は遙《はる》か崖《がけ》の下に落ちていた。中に乗っていた人間はとても助かってはいないだろうと、そう報告された。

「だが……そうではなかった。マリエールは生きていたんだな。そして、お前という子を産んだ……」

公爵はゆっくりと立ち上がり、リーラの前に行くと、その大きな身体で跪《ひざまず》いた。

「……公爵！」

慌ててリーラは公爵を立ち上がらせようと手を伸ばしたが、その手は公爵の大きな手に包まれた。

「私は、お前とお前の母親に、ひどいことをしようとした。祖父だと認めなくてもいい。だが……このままお前のことを見守ることだけは許してもらえるか？」

公爵の瞳には、涙が溜《た》まっていた。皺の多い顔で、じっとリーラを見つめている。

「初めてこのお屋敷に来た時に、驚きました。庭にある花が、母が好きだった花ばかりだったからです」

おそらく、公爵はマリエールの死を信じきれず、帰ってきた時に喜んでくれるよう、あの庭を大切に整えていたのだろう。

「……母が死んだ時、僕は世界で一人になってしまったんだと、当時とても悲しかったです。勿論、育ててくれた義父には深く感謝をしていますが。だから……公爵に会えて、とても嬉しいです」

マリエールが子を身籠った時、無理やり堕胎することもできたはずだ。けれど、さすがにバルドゥールもそれをするのは胸が痛んだのだろう。

リーラの言葉を聞いた公爵の頬に、涙がつたったのが見えた。

「私を、祖父だと認めてくれるのか？」

公爵の言葉に、リーラはゆっくりと頷いた。公爵がもう一度リーラの手を握りしめた。

愛娘がただ一人残した忘れ形見との再会を、心から喜んでいるのだろう。その強さから、軍神に喩《たと》えられたかつての騎士団長はそこにはいなかった。

そこからの公爵の行動は早かった。

その後、茶を飲んで落ち着けば、執事に地方に住んでいる息子たちを呼び寄せるように伝え、弁護士にも後日訪問してもらうよう命じていた。

公爵としては、公爵家の一員としてリーラをお披露目したくてたまらないのだろう。

しかし、自身がバルドゥール家の人間になることに関しては、リーラは難色を示した。

「申し上げづらいのですが……実は僕には息子が一人おりまして……」

「息子？　お前の産んだ子供か？」

公爵も初めて聞く話だったのだろう。

「父親は……その、色々事情があっていないのですが。そんな人間が公爵家に入るのは、公爵家の名を汚してしまうことになると思うんです」

リーラの言葉を、すぐさま公爵は否定した。

「馬鹿なことを言うな！」

先ほどまでの穏やかな表情とは違い、公爵の顔は真っ赤になっていた。

「孫と曾孫《ひまご》がいたんだ。こんなに嬉しいことはない。今度は、そのお前の子供に、私の曾孫にも会わせてもらえないだろうか？」

少し照れくさそうに公爵が口にすれば、リーラは嬉しそうに笑った。

「はい、勿論です」

「だが……父親がいないというのは気になるな。まあ、相手は女でもよいが……誰か良い相手はいないのか？」

公爵の言葉に、ドキリとする。思わずアルブレヒトはリーラの顔を見るが、曖昧《あいまい》に微笑んでいるだけだった。

「アルブレヒト殿下は……そういえばもう婚約しているんだったな」

公爵は一瞬だけアルブレヒトに視線を向けたが、すぐにリーラの方を再び向いた。

「エーベルシュタイン殿下はどうだ？　お前のことをかなり気に入ってるようじゃないか」

「そんな……僕には殿下は勿体《もったい》ないです」

二人の会話を聞きながら、アルブレヒトは自身の心がざわついていくのを感じていた。

リーラとエーベルシュタインが結婚？　そんなの、許せるはずがなかった。

その後も何度か二人に話を振られたものの、アルブレヒトの心は上の空のままだった。

11

リーラがバルドゥール公爵の忘れ形見であると公表されたことは、王宮の、特に貴族たちの間にセンセーショナルなニュースとして流れた。バルドゥール公爵は健勝であるが高齢であるし、リーラが公爵位を継ぐ可能性も十分にあったからだ。

幸いなことに、公爵の息子二人もリーラのことを温かく受け入れたようで、それこそ住居を公爵の屋敷に移したらどうかと、そんな提案もされているようだ。

ただ、周囲が騒がしい中でも、相変わらずリーラの様子は全く変わらなかった。

これまで通り、研究所で働く姿に、むしろ周囲の人間が戸惑っているくらいだった。

アルブレヒトはあれから、ずっと公爵の言葉が気になっていた。

公爵の言うように、このままリーラが独り身を貫くという可能性は少ないだろう。

リーラが自分以外の人間と結ばれ、誰かを伴侶とする。

もし相手がアルファであれば、それこそ今度こそ番になってしまうかもしれない。

リーラは母の主治医を続けてくれるだろうし、これからも会話を楽しむことくらいはできるだろう。だが、それだけだ。もしリーラが母の主治医をやめることになれば、自分とリーラの繋《つな》がりなんてすぐに途絶えてしまう。

不思議だった。まだ出会って数カ月しか経っていない人間に、どうしてここまで自分が惹かれるのか。

婚約者であるティルダのことを、こんなふうに考えたことは一度もなかった。

少しの時間でも会うことができれば嬉しくなり、その日交わした会話を思い出し、幸せな気持ちになれる。

おそらく、自分はあの日病室で出会ってから、ずっとリーラに恋をしているのだろう。

ただ、自身の立場とティルダへの責任のことを考え、自身の気持ちから視線を逸《そ》らしていただけだ。

だが、このままでは自分はリーラのことを失ってしまう。

想像するだけで、耐えがたい痛みを感じた。

だから、アルブレヒトはまず父に、次に母にティルダとのことを相談することにした。

ティルダとの婚約を解消したいと思う。そう言うと、父である王はアルブレヒトの意思を優先してくれた。

父王は、昔からアルブレヒトと、そしてエーベルシュタインに対してもある程度の自由を認めてくれていた。二人の王子を平等に扱っているのは、おそらく後々王位継承問題で揉めることがないようにだろう。

問題は、父ではなく母の方だった。ティルダのことを母は気に入っているようだったからだ。

とはいえ、病が発症した当初、ティルダは一度だけ母の見舞いに来たが、その時に声を荒らげられてからは、ここへ来たことはない。

勿論、医師であるリーラとの違いはあるだろうが、バルドゥール公爵から怒鳴られそうになっても、怯《ひる》むことがなかったリーラと自然と比べてしまう。

そして、婚約解消の意思を話すと母は僅かに驚いたような顔をしたが、静かに瞳を閉じ、頷いた。

「わかった……私の方から、ティルダの実家にはお話ししておくわね」

「反対、されないのですか？」

母は、名家であるティルダとの婚約を望んでいたし、喜んでいたはずだ。

アルブレヒトが疑問に思い、そう問えば、母は静かに首を振った。

「むしろ……あなたには申し訳ないことをしていたと、ずっと思っていたの。あなたの気持ちも考えず、私の価値観であなたの幸せを考えてしまった。ごめんなさいね」

母の言葉はどこか意味ありげで、アルブレヒトは言葉の意味が気になったが、それよりも母から了承を得られたことに安堵する。てっきり、多くの説得の時間が必要だと思っていたからだ。

それよりも、アルブレヒトが説得に苦労をしたのは、ティルダ本人だった。

「どうして……！　私は何か、お兄様の気に障るようなことをしてしまいましたか⁉」

美しい顔を悲痛なまでに歪め、ティルダは涙ながらに言った。

事前に話をしておいたティルダの両親は納得してくれたが、それでもティルダがずっとアルブレヒトを想い続けていたことを知っているからだろう、アルブレヒトへの反応は、冷ややかなものだった。

それでも、アルブレヒトは今更自分の意思を変えるつもりはなかった。ティルダとの婚約を解消し、リーラに結婚を申し込む。そのことしか、頭になかったからだ。

「原因は……リーラですか？」

ようやく泣き止《や》んだティルダが、恨みがましい視線をアルブレヒトへと向けた。

まさかここにリーラの名前が出てくるとは思わず、ほんの一瞬反応が遅れた。

「やっぱり……そうなんですね。だけど、それならお兄様の願いはかなわないと思いますけど」

「……どういうことだ？」

「ご存じないんですか？　リーラが、エーベルシュタインお兄様と婚約されたことを」

勝ち誇ったような表情で、ティルダは言った。

「そんな……いつだ!?」

「まだ発表されておりませんが、もう既にエーベルシュタインお兄様は陛下にお話ししているようですよ」

アルブレヒトは目を見開き、目の前が真っ暗になるのを感じた。

今すぐにでも、リーラに事情を聴かなければ。アルブレヒトは勢いよく、ガタリと音を立てて椅子から立ち上がる。

「どうして……なんで……何も覚えていないはずなのに……」

既に部屋の入り口へと向かっていたアルブレヒトには、ティルダの呟きは耳に入らなかった。

＊＊＊

この時間なら、まだリーラは研究室で働いているはずだ。

そう思ったアルブレヒトは、王都の中心部にあるティルダの屋敷から、すぐさま王宮へと向かった。

リーラから婚約の話は、一切聞いていなかった。

確かにここのところはずっとティルダとの婚約の解消のことで時間を取られ、リーラと話す時間はあまりなかった。それこそ最後に会ったのは、一週間ほど前のはずだ。

リーラはどうしてエーベルシュタインとの婚約を了承したのだろうか。

学院時代から、二人は懇意にしていたという。その頃から、リーラはエーベルシュタインのことが好きだったのか。

昔から、エーベルシュタインは王になることを夢見ていた。おそらく、第一王妃の教育を昔から受けてきたからだろう。その気持ちはアルブレヒトよりも強かったし、リーラとの結婚を望まなかったのも、平民というリーラの立場があったからに違いない。

自分はどうだろうか。もし、リーラが貴族の血を引いていなければ、公爵家の人間でなければ、結婚を望まなかったか。

いや、違う。たとえリーラが平民であっても、王になるという道が断たれてしまっても、自分はリーラを伴侶にしたかった。

王都を馬で駆ければ、王宮には瞬く間に着く。迷うことなく、アルブレヒトはリーラがいるであろう研究所へ向かった。

ちょうど昼の休憩時間ということもあり、研究所にはほとんど人間が見当たらなかった。受付の人間は、アルブレヒトの姿を見て驚きはしたものの、所長が弟であるエーベルシユタインだからだろう、すぐに中へと通してくれ、アルブレヒトはまっすぐにエーベルシュタインの執務室へと向かった。

まずはエーベルシュタインから事情を聞き、リーラにはその後に話をしようと思ったからだ。

けれど、執務室にはちょうどエーベルシュタインと一緒にリーラもいた。

窓際に立っていたリーラは、突然部屋に入ってきたアルブレヒトの顔をぼんやりと見つめていた。所在なさげなその表情に違和感を覚える。

「なんだ？　騒々しい」

忌々し気にエーベルシュタインはアルブレヒトの顔を見たが、その表情はいつもよりも余裕があるように見えた。嫌な顔だと、アルブレヒトは思った。

「……リーラに話がある」

慎重に、エーベルシュタインの様子をうかがいながら言う。

「悪いが、今は休憩中だ。お前の母の診療の相談なら、後にしてくれ」

話しても埒《らち》が明かない。すぐさまそう判断したアルブレヒトはエーベルシュタインから視線を逸らし、窓際にいるリーラのもとへと向かう。

「アルブレヒト殿下……？」

ぼんやりと自分の名を呼ぶリーラの両の肩をアルブレヒトが摑み、その瞳をじっと見つめる。

　おかしい。いつもより、リーラの瞳の色が明るい。紫の瞳は、まるで光を混ぜたような色になっていた。

「リーラ、俺はお前のことが好きだ。できれば、結婚し、番になって欲しいと思う」

「おい！」

　すぐさまエーベルシュタインの抗議の声が聞こえてきたが、そのままアルブレヒトは話し続ける。

「お前の気持ちはどうだ？　お前は、本当にエーベルシュタインと結婚したいと、そう思っているのか？」

　アルブレヒトの言葉に、リーラの瞳が揺れた。

「僕は……エーベルシュタイン殿下を……」

　好きだと、おそらくそう言いたかったのだろう。いや、言わなければならなかったのだろう。

　けれど、リーラの言葉はそれ以上続かず、その瞳からはポロポロと涙が流れてきた。

「おい！　いい加減に」

　エーベルシュタインが自分たちの間に割って入ろうとする。けれどアルブレヒトはそれにかまわずリーラの瞳を見つめ、詠唱を始める。

「リーラ、聞くな！」

エーベルシュタインは声を荒らげたが、その前にリーラの反応の方が早かった。

「う………」

詠唱を聞きながら、痛みを感じたような表情をしたが、しばらくするとリーラの瞳の中で何かが弾けた。

「え……？　アルブレヒト殿下……？　ここは……？」

驚いたような顔をしたリーラは、ゆっくりと周囲を見渡す。やはり、何かの洗脳魔法がかけられていたようだ。

エーベルシュタインの舌打ちが聞こえ、すぐさまアルブレヒトは視線を向ける。

「エーベルシュタイン、貴様……！」

人の心を操る操作魔法は禁忌とされ、王族でも使えば罪に問われる。そこまでして、リーラの心を手に入れたかったのか。

しかし、そこでふと疑問を覚える。もしこれがエーベルシュタインの魔法であれば、こんなに簡単に解除ができるだろうかと。

いや、今はそれよりもリーラだ。

「リーラ、先ほど伝えたばかりだが、もう一度言わせて欲しい」

改めて、アルブレヒトはリーラに向き合う。

「俺は、お前のことが……」

アルブレヒトの言葉は最後まで続かなかった。

執務室のドアが音を立てて開かれ、さらに子供の泣き声が聞こえてきたからだ。

「いやーーー!! リーラーーー!」

「うるさいわね!」

部屋へ入ってきたのは、先ほどまでアルブレヒトが話していたティルダと、そして彼女が抱えている小さな子供だった。

二人の姿を見た途端、アルブレヒトはギョッとした。ティルダの手には短剣が握られており、子供に対し向けられていたからだ。

「エミール!? ティルダ!?」

アルブレヒトの隣にいたリーラが、驚いたように声を上げた。見覚えがあるとは思ったが、ティルダが抱えているのは、リーラの子供のようだ。

「ティルダ? 一体何を……」

「何を? 決まってるじゃない」

隠し持っていたのだろう。そう言うとティルダは、もう一つの短剣をリーラへと投げた。

「この子の命が惜しかったら、今すぐその短剣で自分の胸を刺しなさい……早く!」

リーラは震える手で、投げられた短剣を受け取った。

「無駄よ、お兄様たち、二人が攻撃をする前に、この子はこの短剣によって刺されるから」

アルブレヒトとエーベルシュタインが魔法を使おうとしたことが、わかったのだろう。

ティルダの言葉に、二人が動きを止める。

「ティルダ……どうしてこんなことを……？　僕たち、友達だよね……？」

リーラがそう言えば、ティルダは愉快そうに笑った。

「友達？　笑わせないでよ。平民のあんたと友達だなんて思ったこと、一度もないわよ」

「嘘だよ」

ティルダの言葉を、すぐさまリーラは否定した。

「ティルダは、そんなふうに身分で人を差別するような人じゃない。君はとても優しい人だ」

リーラの言葉に、ティルダの表情が一瞬強張った。けれど、それは一瞬のことですぐさまその眦《まなじり》が吊《つ》り上がる。

「話はもうこれくらいでいいかしら？　さあ、つべこべ言わないでその短剣で自分の胸を刺しなさい」

「ティルダ！　お前いい加減に……！」

「お兄様に！　お兄様に、私の気持ちなんてわからないわよ。ずっと、ずっと好きだったのに……やっと結婚できると思ったのに……！」

アルブレヒトの言葉は、ティルダの金切り声によってかき消された。

「……わかった。その代わり、すぐにエミールを離してあげて。エミール、怖くないからね」

まだ小さいとはいえ、なんとなくリーラが危険な状況だということがわかったらしい。ティルダの腕の中にいるエミールが泣き叫んだ。

そんなエミールに微笑みかけ、リーラは一度だけ目を閉じた。

そして、迷うことなく短剣を自身の胸へと向かわせた。

「な……！」

動揺し、ティルダの腕が緩んだのだろう。その隙《すき》に、エミールがティルダの腕から素早く抜け出した。

エーベルシュタインが、すぐさまティルダに拘束魔法をかけ、動けなくする。

「アルブレヒト殿下！」

叫び声を上げたのは、今度はリーラだった。

リーラの短剣は胸元には届かず、アルブレヒトの手によって握られていた。

刃の部分を思い切り掴んだアルブレヒトの手から、おびただしいまでの血が流れていく。

「どうして……」

「……大したことはない。それより、怪我はないか？」

アルブレヒトがそう言えば、リーラは泣きそうな顔でアルブレヒトの手を自身の手で包み込んだ。

「だ、大丈夫です。すみません、殿下、座っていただけますか」

その場に座ったアルブレヒトの手のひらが、淡紅色の優しい光に覆われていく。

血が流れているからだろうか、ひどく、頭の中がぼんやりとしていた。

「エウロンか……、高度な回復魔法が使えるんだな」

口にした途端、目の前が弾けたような感覚を覚える。そして、リーラの魔法とともに、アルブレヒトの中に様々なものが流れ込んできた。

学院時代、心もとない様子で魔法の練習をしていた姿。懸命に、魔法戦を行っていた姿。医師になりたいと自分に言ったときの強い眼差《まなざ》し。発情した身体を、初めて抱いた時のその身体の心地よさ。

それらの一つ一つが、まるで映像を見ているかのようにアルブレヒトの中に入ってくる。

気がつけば、自身の瞳からは涙が溢れていた。

「殿下……？　大丈夫ですか？　まだ痛みが……？」

全ての記憶の再生を終えた頃、心配げにリーラがアルブレヒトを見つめてきた。

あの頃よりも少しだけ大人びたリーラは変わらずに美しく、思わずアルブレヒトはその身体を抱きしめた。

「ア、アルブレヒト殿下……？」

「お前と、俺たちの子の命が助かって、本当によかった……」

アルブレヒトの腕の中にいたリーラの身体が、びくりと反応した。

「殿下……記憶が……？」

「ああ。全て、思い出した。いや……元に戻ったと言った方が、早いんだろうな……」

頭の中だけではなく、自身の身体が急激に変化していくのをアルブレヒトは感じた。おそらく、五年の時が一気に流れたのだろう。

腕の中のリーラは、ずっと泣いていた。伝えたい言葉はいくつでもあるのだろうが、感情が追いつかないのだろう。

アルブレヒトもただリーラを抱きしめ続けた。

「……リーラ？」

不思議そうに、エミールがリーラの名前を呼んだ。そこで、ようやくアルブレヒトはエミールの顔を見つめることができた。

黒髪こそリーラと同じ色であったが、瞳の色やその顔立ち、その何もかもが自分とそっくりであるということに、アルブレヒトはようやく気づいた。

「大丈夫だ、リーラに怪我はない」

アルブレヒトは微笑むと、エミールの頭へと手を伸ばし、優しく撫でた。

エミールは最初こそ驚いたような顔をしていたが、恥ずかしそうにアルブレヒトへと微笑みかけた。

「おじさん、なんだか僕に似てるね」

「……おじさんじゃない、お前の父親だ」

そして、お前が俺に似ているんだと言おうとすれば、自分たちの様子を見ていたらしいエーベルシュタインは小さく吹き出した。


エーベルシュタインが呼んだ衛兵たちによってティルダは囲まれ、魔法で作られた特別な縄でその手は拘束された。

今更抵抗しても仕方がないと思ったのだろう。素直に拘束されたティルダが、最後にリーラへと視線を向けた。

「なんで……あの時自分の胸を刺そうとしたの？　恐怖を感じなかったの？」

「おい！」

この期に及んでさらにリーラに何を言おうとしているのだと、アルブレヒトが大きな声を出す。

「……殿下、大丈夫ですから」

リーラはそう言うと、ティルダにその眼差しを向けた。

「気づいてたから。ティルダの腕が、ずっと震えていたことに」

「え……？」

「それに、嬉しかったんだ。あの時、学院で僕に声をかけてくれたのは君だけだったから」

そう言ってリーラが微笑めば、ティルダは何も言わずに下を向いた。その瞳からは、涙が流れていたことはおそらく気のせいではない。

＊＊＊

捕らえられたティルダは、これまで自分が行った罪のすべてを告白した。

過去にリーラの子供を無理やり堕胎させようとした女性も、ティルダが操っていたこと。

そして、リーラに魔法をかけ、エーベルシュタインとの婚約を了承させたこと。

裁判はこれから行われるという話だが、伯爵家の娘という立場もあるため、おそらく極刑だけは免れるはずだ。

しかし、生涯を牢《ろう》の中で過ごすことは決まったようなものだろう。

同情は、する気にはなれなかった。

幼い頃から、ティルダが自分へ好意を向けてくれていたことはわかっていたが、アルブレヒトが好きになったのは、愛したのはリーラだったからだ。

「どこか……おかしいところはないでしょうか？」

テイルスーツという、かつての学院時代を思わせる正装をしたリーラは、緊張した表情でアルブレヒトの隣を歩いていた。

「あるわけないだろう？　そのスーツ、よく似合っている」

アルブレヒトがそう言えば、リーラは嬉しそうに微笑んだ。

「殿下も、とても素敵です」

アルブレヒトの手のひらの傷も完治した後、すぐさまアルブレヒトはバルドゥール公爵のもとへ挨拶に向かった。

ティルダの行いは既に国中の人間が知る事態となっていたため、そのあたりの説明は必要はなかったが、アルブレヒトは自分の口から全てこれまでのことを公爵に説明した。

リーラとの結婚の了承を請えば、複雑な表情をしながらも公爵は許可してくれた。

「時間魔法を使ってまでリーラを助けようとしたんだ、認めないわけにはいかないな」

そう言った公爵は、嬉しそうに微笑んだ。

エーベルシュタインとリーラの婚約に関しても、ティルダに操られていたものだとわかり、無効になった。

父である王の待つ玉座の間へと行く途中、ちょうどこちらに歩いてきたエーベルシュタインとはち合わせることになった。

二人の顔を見たエーベルシュタインが、その頬を緩めた。いや二人ではなく、おそらくリーラを見たからだろう。

「まさか、同じ相手に二度も失恋をすることになるとは思わなかった」

エーベルシュタインも、リーラが操られていたことには気づいていたのだろう。だから、婚約を終えても公表までには時間をかけた。

とはいえ、わかっていながら婚約しようとしたことに対しては、やはりアルブレヒトは腹立たしく思っている。

「アルブレヒトが嫌になったら、すぐに俺のところにおいで」

「お前……！」

この期に及んで、いい加減にしろと苦言を呈そうとすれば。

「大丈夫です。そんな日は、来ませんから」

その横でリーラがにっこりと微笑み、そう口にした。エーベルシュタインは、呆けたような瞳でリーラを見つめていたが、すぐにその顔を破顔させた。

まだ正式な式こそ挙げてはいなかったが、父である国王の許可が得られたことで、晴れてリーラはアルブレヒトの伴侶となった。

リーラの義父であるウィラードには次の長期休みに挨拶に行くつもりだ。できれば、その後に行われる予定の式にも招待をしたいと思っていた。

しばらくは慌ただしい日々が続き、リーラとエミールがアルブレヒトの屋敷に住み始めた頃には、季節はすっかり冬になっていた。

＊＊＊

エミールは、アルブレヒトの屋敷に急遽《きゅうきょ》作られた子供部屋のベッドで、すやすやと眠りについている。

リーラは穏やかな表情でそれを見つめ、時折その髪を撫でている。

二人のそんな様子を見ていると、アルブレヒトの心の中にも柔らかなものが流れてくるような気がした。

「本当に、一人で寝かせても大丈夫でしょうか……？」

エミールを起こさぬよう、小さな声でリーラが問いかけた。

「貴族の子供は普通一人で寝るものだ。それに、何かあったらすぐに侍女が駆けつけるはずだ」

屋敷に来たものの、今まではそうであったからだろう。エミールは子供部屋で一人で寝るのを嫌い、リーラと同じベッドで眠りたがった。

最初のうちは、三人で眠ることにアルブレヒトは幸せを感じていた。けれど、だんだんとリーラの隣を独占しているエミールの存在が気になってくる。

勿論我が子は何よりも愛《いと》おしい存在だと思っているし、できれば生まれた時から傍にいたかった。

「そうですね……もし僕と離れていても寝られるようになったら、王妃様のところにも泊まりに行けますし」

そう口にしたリーラはしまったとばかりにきまりの悪そうな顔をした。そして、こっそりとアルブレヒトの顔を見つめる。

「俺はしばらく会うつもりはないが、エミールが会いたいと言うなら会わせてやってもいい」

アルブレヒトの言葉に、リーラがホッとしたような顔をした。

五年分の年齢を重ねたアルブレヒトに、母はこれまでの経緯を全て説明した。

リーラの命がアルブレヒトによって助けられた後、自分がリーラにアルブレヒトの前から去ってくれるよう頼んだこと。テペラ病に倒れ、それを深く後悔し、リーラを主治医として呼び寄せたこと。

確かに、母がリーラを主治医として呼ばなければ、自分とリーラは再会することもできなかった。

けれど、あの時点のアルブレヒトがこれまでのことを説明されたとしても、おそらく自分はリーラのことを受け入れていただろう。

病室で出会ったあの日から、自分は紛れもなくリーラに惹かれていたからだ。

だから、どうしてもアルブレヒトは母のことが許せなかった。そのため、それ以来一度も母のもとを訪れていない。

母も覚悟はしていたようで、落ち込んでいるという話は聞いていたが、特に何かを言ってくることはなかった。

いつか、母のことも許せる日がくるだろうか。

「お前はすごいな」

「え？」

あれだけの仕打ちをした母の治療を、リーラは献身的に行ってくれた。当時は何も知らなかったためただ感謝をするだけだったが、思えばすごいことなのではないだろうか。

アルブレヒトに同じことができたかと問われれば、わからない。

「確かに、つらいことが何もなかったと言えば嘘になりますが……だけど、僕にはエミールがいましたから」

そう言って嬉しそうにリーラは微笑んだ。その笑顔に見惚《みと》れつつ、ほんの少しだけ面白くない気持ちになる。

「これからは、俺もお前の傍にいる」

そう言って、リーラの唇に自身のそれを重ねる。

ほんの一瞬、触れるだけの口づけだったが、リーラの白い頬は目に見えて赤く染まった。


たよりない光の灯されたベッドの上で、アルブレヒトはリーラに向き合っていた。

部屋への魔法は、勿論かけてある。リーラの声は、たとえ侍女や使用人たちにでも聞かせたくなかったからだ。

五年前、一度だけリーラと身体を重ねた際の記憶は、今でも覚えている。

全てを忘れていても、再び恋に落ちることができたとはいえ、それでも記憶を取り戻せてよかったと思っている。

それくらい、あの夜のことは忘れがたいものだった。

滑らかなリーラの肌の感触も、自分の下で喘《あえ》いでいたその艶やか表情も、心地よい声も、どんな花の香りにも負けないそのにおいも。

今思えば、どうして忘れられていたのかというほど、それは素晴らしい、夢のような時間だった。

「あの……」

湯浴みを終えどこか心もとない表情をしていたリーラが、その口を開く。

緊張しているのだろう。

最初の夜はヒートによるものだったこともあり、はっきりとした意識がある中での行為は、初めてのことだった。

だけど、そんな初々しい反応でさえアルブレヒトには可愛らしく思えた。

「なんだ？」

「今日はヒートではないのですが……大丈夫でしょうか？」

「は？」

リーラの言葉の意図するところが、いまひとつよくわからなかった。

「ですからその……今の僕は殿下の情欲を刺激する存在ではないと思うのですが……」

続けられた説明を聞き、ようやくリーラが思っていることがわかった。

「ヒート中でなければ俺はお前に発情しないのではないかと、心配しているということか？」

最近の抑制剤は優秀なものが多く、それこそヒート中のにおいを全く感じさせないものもある。けれど、おそらくそれは一般的なオメガの話だろう。

これまでもリーラの身体からはとても良いにおいがしたし、そのたびにアルブレヒトは落ち着かない気分になった。

バース性や番制度など、自由な生き方を規制する、いらぬものだと思っていた。

けれど自分たちの立場を考えれば、リーラがオメガでなければ、あんな形とはいえ結ばれることはなかっただろう。

とはいえ、アルブレヒトがリーラに惹かれているのはリーラがオメガだからではない。

「……はい」

どこか申し訳なさそうに、リーラは答えた。

「ヒートがなければ、僕はただの男性で、殿下を性的に刺激する存在では……」

リーラの言葉は、最後まで続くことはなかった。アルブレヒトはその唇で、リーラの言葉を塞《ふさ》いだからだ。

「そんなものは、関係ない」

紫色のきれいな瞳を見つめながら、アルブレヒトは囁く。

「俺がお前を好きになったのは、オメガだからじゃない。いつも一生懸命で、自分の夢をしっかりと持っている、そして、人を許す優しさを持っている、そんなお前だから好きになったんだ」

「アルブレヒト殿下……」

そういえば、こんなふうに自分の気持ちを伝えたことは初めてだったかもしれない。

「ありがとうございます、僕も、殿下のことがずっと好きでした……」

リーラの言葉に、アルブレヒトの切れ長の瞳が大きく瞠られる。情欲を感じないなんて、そんなはずがなかった。

今すぐ、目の前の存在を抱きたい。そう思ったアルブレヒトはもう一度リーラに口づけ、ゆっくりとその身体をベッドへと押し倒した。

触れるだけだった口づけをじょじょに深いものにしていき、自身の熱い舌をリーラの口《こう》腔《こう》内へと入れる。

粘液が触れあい、互いの唾液が交じり合う。長い間の空白を埋めるように、アルブレヒトはリーラの唇を何度も吸った。

リーラの身体からは微かに良いかおりがしたが、おそらく興奮をしているのはかおりのせいではない。

リーラという存在に、全身が刺激されているのだ。

「ふ………」

唇が離れ、もう一度リーラの顔を見る。性行為は、一方的なものであってはならない。アルブレヒトが気持ちがよいと感じるように、リーラにも気持ちよくなってもらいたい。

顔を赤くしたリーラと視線が合えば、小さく微笑まれた。

「どうした？」

「幸せだなって思ったんです……だけど、少しだけ怖い」

「それは……初めてみたいなものだからな、できる限り優しくする」

リーラの発言に、なんだかこちらの方が恥ずかしくなってくる。互いによい年齢のはずなのだが、自分たちは互いに対してあまりにも初心《うぶ》だ。

「あ、いえそうではなくて……勿論それもあるのですが」

少し恥ずかしそうにリーラは言った。

「初めての夜、殿下に抱かれて、僕はとても幸せでした。それこそ、その時には死んでもいいとすら思ってしまったくらい。だけど、その後、殿下はそのことを全て忘れてしまった。だから、少しだけ怖いんです」

「もし、また俺がお前のことを全て忘れてしまったら……そんなふうに心配しているのか？」

リーラが無言で頷いた。

「さすがにそれはないと思うが……たとえ記憶を失っても関係ない。俺は、何度でもお前に恋をするからだ」

アルブレヒトの言葉に、リーラは安心したのか、嬉しそうに頬を緩めた。

「それよりも……、死んでもいいなんて冗談でも口にするな」

「え？」

「お前のいない人生なんて考えたくもない。……これからも、ずっと俺の隣で生きてくれ」

リーラの瞳が、これ以上ないほど大きく見開いた。

「はい」

しっかりと頷いたリーラの身体を、アルブレヒトは優しく抱きしめた。


リーラの身体に唇を落としながら、丁寧に身に着けている衣服を脱がしていく。

少しずつ見えてくる白い肌に、心臓の鼓動が速くなる。

同性の身体にアルブレヒトが興奮したことは、これまで一度もない。

リーラには豊満な胸もなければ、丸みを帯びた尻もない。けれど、そんなことは関係がなかった。

薄い胸板も、自分と同じ男性とは思えぬほど華奢《きゃしゃ》なその身体も、そのすべてを愛おしく感じた。

「はっ……んっ…………」

色づいた胸の尖《とが》りを舐《な》めとれば、ゆっくりとその部分が勃《た》ち上がっていく。

そのまま下腹部へと手を伸ばし、リーラの性器に触れる。

既に反応し始めたそれを優しく撫で、自分の手のひらにすっぽりと収める。

「ひゃっ……」

動かし始めると、リーラの身体がびくりと震えた。

その様子があまりに可愛らしくて、気がつけばアルブレヒトは自身の口にリーラのものを咥《くわ》えこんでいた。

「あっ……そっ……」

水音を立てれば、リーラから軽く睨《にら》まれる。けれど、その愛らしい姿はアルブレヒトの情欲を煽《あお》るだけだった。

そのまま口の中に出してもかまわないと思ったのだが、リーラは顔を赤くして首を振る。

「やっ……はなっ……」

仕方がなく、高ぶったそこから口を離せば、リーラが安心したように蜜《みつ》を吐き出した。

そのまま肩で息をし続けるリーラの太腿を抱え上げ、ゆっくりとその中心へと唇を近づける。

「まっ……ダメです、殿下……！」

慌てたように、リーラが足を動かし始めた。

「ヒートじゃないんだから、ちゃんと慣らさなければ怪我をする」

「こ、香油じゃダメなんですか？」

ベッドのすぐ隣のテーブルにある香油へと、リーラが視線を向ける。

「俺が、舐めたいんだ」

そう言うと、アルブレヒトはリーラの隘路《あいろ》へ舌を伸ばした。

「ひっ……やっ………」

狭いその部分を少しずつ拡げていけば、リーラの声はどんどん高くなっていく。

舌でしばらく解《ほぐ》した後は、ゆっくりと自身の指を入れていく。柔らかなその部分は心地がよく、早くこの中に挿《はい》りたいという欲望はどんどん膨らんでいく。

指を増やし、胎内をかき混ぜれば、リーラの腰がゆらりと動いた。アルブレヒト自身の熱も、既に限界だった。

「いいか？」

興奮交じりの声でそう問う。

「大丈夫、です……」

掠れたその声を聞いたアルブレヒトは口元を緩め、そしてリーラの身体を抱き起こした。

「え……？」

目の前のリーラが、戸惑ったような表情で自分を見つめている。

「今日はこうして、お前の顔を見ながら、抱き合いたい」

そう言って胡坐《あぐら》をかくと、アルブレヒトは猛《たけ》っている自身の屹立《きつりつ》を、両手で開いたリーラの双丘へと挿入させていく。

「あっ……ああっ……」

がくがくと震えながら、リーラがアルブレヒトの腕を必死で掴む。

「痛いか？」

「いえ……大丈夫です……」

リーラ自身の体重がかかっているからだろう、アルブレヒトもリーラの身体を抱きしめながら、全てが収まるのを待った。

腕の中のリーラの様子を見れば、小さく息を吐いている。瞳を閉じているため長い睫毛が影を落とし、色香が増している。

「動くぞ」

粘膜に包まれた自身のものが、たまらなく気持ちがよい。もっと中に挿りたいという要求を抑えながら、緩慢な動作で腰を動かす。

「あっ……ひっ……やっ……」

潤んだ瞳のリーラを見つめながら、自身の欲望を何度も打ちつけていく。

最奥を突いた時、リーラの中がさらに窄《すぼ》まった。感じているリーラの顔は美しく、このままずっとこうしていたいと思うほどだった。

「……出すぞ」

リーラの身体を、力強く抱きしめる。自分自身の熱が、リーラの中に注がれていく。

同時に、自身の腹が濡れる感触に、リーラもまた達していたことに気がつく。

「ようやく、お前をもう一度抱くことができた」

自然と出た言葉は、おそらくアルブレヒトの心のうちに眠っていた自身の本当の気持ちなのだろう。

これ以上ないほど満ち足りた幸せを感じながら、アルブレヒトはリーラの額に啄《ついば》むようなキスをした。

＊＊＊

公務が早めに終わったため、まだ明るい時間に屋敷に戻ったアルブレヒトは、庭にある噴水の向こうによく見知った黒髪を見つけた。

ゆっくりと近づいてみれば、エミールが噴水の陰で蹲《うずくま》っていた。

一瞬、泣いているのかと心配したが、どうやらそういうわけではないようだ。

「……何をしてるんだ？」

「わあっ」

声をかければ、びくりとエミールの身体が震えた。

「しーーー！　リーラに見つかっちゃう」

そしてすぐさま、小さな人差し指を立て、アルブレヒトにこっそりと伝える。

「隠れんぼ……というわけではないよな？　この時間は勉強のはず……」

アルブレヒトがそう言ったところで、エミールの視線が泳いだ。

「お前、もしかして勉強をしたくなくて逃げ出してきたのか？」

アルブレヒトの言葉に、エミールは何も答えなかった。おそらく、図星だったのだろう。

全く……。さてどうしたものかとあたりを見渡せば、ちょうど屋敷から出てきたリーラの姿が見えた。

「リーラ」

「あ、アルブレヒト殿下。お帰りなさいませ」

おそらく、仕事から帰ったばかりなのだろう。ブラウスにズボンと、朝の格好と変わっていない。

「な……！」

リーラが近づいたことにより、慌ててその場を逃げ出そうとするエミールの服の襟を掴む。そして、軽々と抱き上げた。

「ち、父上！　おろして！」

晴れて二人が婚姻を結んだ当初、エミールは父親であるアルブレヒトの存在をいまひとつ認識していないようだった。

それはそうだろう。生まれてから一度も会ったことがない父親が、突然出てきたら戸惑うはずだ。

幸いなことに、エミールはアルブレヒトに対しては比較的すぐに慣れ、最近はようやく『父上』と呼ぶようにもなってきた。

だが、そういう場合はだいたい自分に対してお願いがある時だ。

我が息子ながら、そういったところは賢いのだと思う。

「エミール、こんなところにいたの？　先生たちが、途中でいなくなったって心配していたよ」

「だって……一日中お勉強ばっかりでつまんないんだもん……」

アルブレヒトの屋敷に移り住んでからは、エミールは王宮に通う必要がなくなったため、専用の家庭教師がつけられた。

王家に仕える優秀な魔女であるサマンサは初老の女性で、厳しいことで有名だったが、エミールの将来のためにはその方がいいと思ったのだ。それこそアルブレヒトが次期王となれば、エミールは王太子という立場になる。

「勉強についていけないのか？」

少し前まで地方の農村に住んでいたのだ、勉強をする余裕はなかったのかもしれない。

「いえ、サマンサ先生からはエミールは色々なことを知っていると褒められました」

サマンサは世辞を言うタイプではない。ということは、おそらくエミールは優秀なのだろう。確かに、年齢の割に受け答えはしっかりしていると思う。

じゃあどうして……と思った時、エミールがぽつりと呟いた。

「みんなと遊びたい……リーラと一緒に王宮に行きたい……」

そういえば、王宮でエレノアが教えている子供は何人かいるため、時には庭でみんなで遊ばせたりもしていたはずだ。そう考えると、一人きりで勉強をするというのは、退屈に感じるかもしれない。

「リーラ、サマンサ先生には俺から言っておくから、エミールはこれまでのように叔母上のもとで学ばせることにしよう」

「いいの？」

アルブレヒトの言葉にすぐさま反応したのはエミールだった。

「しかし殿下……王族の子供は、代々家庭教師をつけるのが慣習では……」

「そうだな。だが、別にそんな決まりがあるわけでもない。叔母上のもとなら安心だし、エミールのためにもその方がいいんじゃないか？」

「そ、そうですか……？　殿下が、そう言ってくださるなら……」

リーラの表情が、先ほどよりも明るくなった。やはり、リーラとしても本音ではエレノアのもとで学ばせたいと思っていたのだろう。おそらく、アルブレヒトの立場を考えてそれが言い出せなかったのだ。

控えめなところは愛おしく思うが、もう少し自分の意見を言って欲しいとアルブレヒトは思う。

「どうかなさいましたか？」

じっと見つめていたのがわかったのだろう。リーラが首を傾げた。

だから、アルブレヒトは小さく笑うと、すぐ傍にあったリーラの頬へとそっと口づけた。

「いや、俺のリーラは今日も美しいと思っただけだ」

「で、殿下……！」

リーラが顔を赤くする。こういった初心なところは、やはり可愛らしい。

「ああ！　ずるい！　エミールもー！」

腕の中にいたエミールが抗議の声を上げる。

「ああ、悪かったな……」

なかなか可愛いところもあるじゃないかと、アルブレヒトはエミールの頬にも軽いキスをする。ところが。

「違うーーー！　エミールも、リーラにキスするのーーー！」

不服そうに言ったエミールに、アルブレヒトの顔が引きつる。

「ダメだ。リーラにキスをしていいのは俺だけだ」

「父上のケチ！」

エミールが頬を膨らませて、ぷいっとそっぽを向いた。

アルブレヒトとリーラが顔を見合わせ、エミールの様子に吹き出したのは、ほぼ同じタイミングだった。

「全く、仕方がない奴だ」

アルブレヒトはエミールの身体をひょいと持ち上げると、自身の両肩の上にかついでやる。

「わあああ、高ーーーい！」

機嫌が直ったエミールが、楽しそうに言った。

リーラがそんなエミールの様子に嬉しそうに笑みを浮かべ、それを見たアルブレヒトはこれ以上ないほどの幸せを感じる。

「リーラ」

「はい」

「エミールを産んで、育ててくれてありがとう。少し遅くなってしまったが、これからは俺も父親としての務めを果たそうと思う」

アルブレヒトの言葉に、リーラの大きな紫色の瞳が見開いた。

「はい……よろしく、お願いいたします」

そう言って微笑んだリーラの瞳には、うっすらと涙が滲んでいた。

美しいその紫色の瞳を見つめながら、アルブレヒトは、ようやく取り戻すことができた幸せを噛みしめた。

終

あとがき

はじめまして、またはこんにちは。はなのみやこです。

ラルーナ文庫さんから三冊目の本を出していただけました……！

もともとが歴史好きなので、ファンタジー世界を書く場合どこかしらモチーフの国と時代を最初に考えているのですが、今回は珍しく、西洋のどこかの国、という感じでぼんやりとしていました。

とはいっても、いざ書き始めると、これはあの……魔法と妖精の国！とイメージができてきたのですが。

魔法が登場するお話を書くのは初めてだったので、とても楽しかったです。

そして、初めてのオメガバースです……！

読むのは好きでも自分自身描くにはちょっと自信がなかったオメガバースですが、あまりオメガバースっぽくならなかったなあと読み返してみると思います。

ただ、海外のＢＬに精通している友人から、「日本のオメガバースは独自の形で発展していっていて、自分たちにはない発想だから面白い」と言われているという話を聞きまして。

こんな形のオメガバースがあってもいいんじゃないかな、と思っております。

さて、キャラクターに関してですが。本編の中でアルブレヒトも言っているのですが、リーラは人を許すことができる優しく、強い子です。

この、他人を許せる強さというのが私の中では深いテーマになっているといいますか、おそらくこれからも創作の中で向き合っていくテーマだと思います。

ただ、リーラはそんな感じですが、アルブレヒトのように許せない、という気持ちもあって当然だと思います。この先、表面的には許せても、アルブレヒトの中で母へのわだかまりが消えることはないんじゃないかと思います。

なおエーベルシュタインに関しては、もう見た目がとにかくかっこよくて、すごくときめいてしまいました！　報われなくて可哀そうになってしまったくらいで。

最近ようやく気づいたのですが、王族を書くことが多いので致し方ないのかもしれませんが、兄弟間で一人の人間を巡るお話……というのが私の性癖なんだろうなあとつくづく。(また書いてしまうかもしれませんが、ああこの作者の好きなやつね、で笑っていただけましたら幸いです)

さて、今回の原稿はコロナ禍ということもあり、珍しく最初は苦戦してしまったのですが、根気強く見守ってくださった担当F様、ありがとうございました。

そして、多大なご迷惑をおかけしてしまってすみませんでした。

イラストは、公私ともにお世話になっているヤスヒロ先生にお願いしました。私はヤスヒロ先生の絵が大好きなので、自分が作った物語のキャラクターを描いていただけて、とても嬉しかったです。本当に、ありがとうございます。

最後に、この本をお手に取ってくださった皆様。私事ですが、この冬でデビュー三年目にようやくなるのですが、ここまで書き続けることができたのは、本当に皆様のお陰です。出版不況が囁かれる中、とても幸せなことだと思っております。読んでくださった方が少しでも楽しんでいただけると良いなと、そう思いながらいつも書いております。

また、どこかでお会いできましたら幸いです。

令和三年　冬

はなのみやこ

本作品は書き下ろしです。

ラルーナ文庫

この本を読んでのご意見・ご感想・ファンレターなどお待ちしております。**〒111−0036 東京都台東区松が谷1−4−6−303 株式会社シーラボ「ラルーナ文庫編集部」**気付でお送りください。

運命《うんめい》のオメガに王子《おうじ》は何度《なんど》も恋《こい》をする

2022年2月7日 第1刷発行

著　　者｜はなの みやこ
装丁・DTP｜萩原 七唱
発 行 人｜曺 仁警
発 行 所｜株式会社 シーラボ
〒111-0036 東京都台東区松が谷 1-4-6-303
電話 03-5830-3474／FAX 03-5830-3574
http://lalunabunko.com
発　売　元｜株式会社 三交社（共同出版社・流通責任出版社）
〒110-0016 東京都台東区台東 4-20-9 大仙柴田ビル 2 階
電話 03-5826-4424／FAX 03-5826-4425
印刷・製本｜中央精版印刷株式会社

ISBN978-4-8155-3266-6